Tor Even Svanes

Ins Westeis

Tor Even Svanes

INS WESTEIS

Roman

Aus dem Norwegischen
von Gabriele Haefs und Andreas Brunstermann

Osburg Verlag

Titel der norwegischen Originalausgabe:
Til Vestisen

This translation has been published
with the financial support of NORLA.

Erste Auflage 2016

www.osburgverlag.de

Lektorat: Ulrich Steinmetzger, Halle
Umschlaggestaltung: Judith Hilgenstöhler, Hamburg
Satz: Hans-Jürgen Paasch, Oeste
Druck und Bindung: CPI books GmbH, Leck
Printed in Germany
ISBN 978-3-95510-115-2

»Ins Westeis« ist ein Roman.
Einzelne Elemente der Jagdbeschreibungen stammen aus existierenden Berichten von Inspektoren, aber die Menschen im Buch und das, was sie einander antun, sind erfunden.

1

Nach Tromsø

»Ich bin gebeten worden, davon zu erzählen, was geschehen ist, zusätzlich zu dem Bericht, den ich bereits geschrieben habe. Was im Bericht steht, ist der Grund, aus dem Sie privat mit mir sprechen möchten.«

Sagte sie. Und nickte.

»Ein wenig Geduld«, sagte jemand vor dem Vernehmungsraum. Der Anwalt. Ihr Anwalt. »Sie wird auf traumatische Stressleiden untersucht. Hat noch immer Probleme damit, die einzelnen Erinnerungsstücke zusammenzusetzen. Naja. Also Probleme mit der Chronologie.«

»Du hast keine Angst davor, rauszukommen«, sagt die Stimme. »Nach all dem Scheiß, den du uns vor den Latz geknallt hast, kannst du ja wohl keine Angst davor haben, rauszukommen.«

Sie ist so ruhig, diese Stimme. Wird nicht lauter, wird nicht leiser, wie es eine lebendige Stimme tun würde. Macht keinen Versuch, sich davon zu überzeugen, dass niemand anderes es hört. (Aber wer? Wer sollte das denn sein?) Ihr geht auf, dass er zum ersten Mal etwas gesagt hat, während er vor ihrer Kabinentür steht. Das bestätigt nur, was sie schon die ganze Zeit gewusst hat.

Aber es ist seltsam, dass sie nicht heraushören kann, wer von ihnen es nun ist.

»Dir passiert hier doch nichts, weißt du. Hure. Dir passiert nichts, worum du nicht selbst gebeten hast. Was du dir nicht selbst gewünscht hast. Das weißt du. Du bittest doch seit dem Moment darum, als du an Bord gekommen bist.«

Sie hat schon früher an die Türen gedacht.

Später, als es vorüber ist und sie von allem wegfährt, sitzt sie in einer Dash 8 auf dem Weg von Tasiilaq nach Nuuk. Das Grönlandeis unter ihr ist von so scharfem Weiß, dass sie eine Sonnenbrille aufsetzen muss, um überhaupt aus dem Flugzeugfenster blicken zu können.

Ab und zu überfliegen sie türkise Wassergruben, bei denen es sich in Wirklichkeit um riesige Binnenseen in der gewaltigen Eismasse handeln muss, die aus ihrer Höhe aber einfach aussehen wie Augen im Weißen. Es kommt eben immer auf den Zusammenhang an (davon geht sie aus). Sie könnten Schmucksteinen ähneln. Sie hätte an Perlmuttglanz denken können, nicht an diese feuchten Augen, die sie mustern. Die ihr noch immer hinterherstarren, als das Flugzeug längst darüber hinweggeflogen ist. Die sie nicht loslassen.

Augen mit Makuladegeneration. Sie denkt an den bläulichen, milchigen Schleier auf der Netzhaut kranker Pferde.

In diesem Flugzeug ist sie allein, abgesehen von den beiden Piloten und der Flugbegleiterin, die Dorte heißt und einen dänischen Vater hat. Dorte fragt, ob sie ihr etwas bringen könne.

»Wodka«, antwortet sie. »Mit Orangensaft?«

»Tut mir leid«, sagt Dorte. »Wir haben nur Baguettes. Mit Schinken und Käse.«

Die Baguettes sind in Plastikfolie eingewickelt. Sie schmecken auch danach. Und sie haben lange im Kühlfach gelegen.

Sie fühlt sich allein mit Propellern und Eis, mit einem Rhythmus, an den sie sich in gewisser Weise gewöhnt hat.

Beim Anflug auf Nuuk wird sie ins Cockpit eingeladen. Zerklüftete graue Berge ragen unmittelbar vor ihnen in den Himmel, machen sich lustig über Norwegen, aber sie weiß, dass sie nur so dramatisch wirken, weil es der restlichen Landschaft an hohen Landmarken fehlt.

Sie weiß nicht mehr, welche Uniformen die Piloten getragen haben. Lieber will sie die vergessen als die Berge.

Sie wohnten im Ishavshotel in Tromsø. Sie nannte ihren Namen. Die Rezeptionistin gab ihn ein. Die Schlüsselkarte liegt in dem kleinen Hotelausweis und wird vorsichtig zu ihr hingeschoben, der Tresen ist aus Larvikit, die Rezeptionistin ließ die Karte routiniert über die glatte, polierte Fläche segeln, dann lächelte sie.

»Frühstück ist ab sieben«, sagt die Rezeptionistin. »Wir haben solche Energieshots. Die sind sehr gut. Richtig belebend. Ich weiß nicht genau, wie heißen die noch mal? Solche Schnapsgläser. Wie Smoothies. Ingwer und Apfelsine. Limone und Kiwi. Machen total fit, echt. Diese Antioxidantien.«

Das Hotel sieht neu aus, aber der Fahrstuhl wirkt alt, viel Messing, Spiegel in allen Ecken. Die Teppiche und Tapeten in diesem Hotel erinnern sie an die Olympischen Winterspiele in Lillehammer.

Wie das Haus, in dem sie aufgewachsen ist. Ockergelbe Täfelung. Fertighaus von der Firma Block Watne am Rand einer Neubausiedlung, wo aber die Rückseite des Grundstücks zu einer mit Kiefern bewachsenen Senke abfiel. Tische vor der schrägen Wand im Wohnzimmer. Grüne Wände. Gelbe Wände. Geborgene Kindheit.

Ihre Mutter hatte das Wohnzimmer renovieren wollen. Die Küche auch, aber das war, ehe der Vater den Herzstillstand hatte. Der kam, wie Infarkte das wohl tun: plötzlich. Unerwartet. Die Mutter beschloss danach, nichts zu ändern, weil das den Vater verwirren könnte. Ihn beunruhigen. Ihn von den Erinnerungen trennen, und damit von ihnen. Besser, mit dem Renovieren zu warten, bis die Reha Ergebnisse zeigte.

Aber er wurde nie wieder richtig klar, und eines Tages wird ein Makler das Haus betreten und es gepflegt, aber unzeitgemäß nennen. Ist unzeitgemäß ein echtes Wort?

Wenn sie »sie« in der Mehrzahl sagt, meint sie sich und ihren Betreuer, Håvard, der am ersten Tag dabei ist, bis das Fangschiff ablegen wird. Denn das hier ist ihre allererste Reise ins Westeis.

Es war Håvard, der nachher für die Fischereibehörde sprach. Dem die Frage gestellt wurde, ob die Behörde es denn habe vertreten können, eine junge Fischereiinspektorin loszuschicken. Ohne Erfahrung. Allein. Sechs Wochen. An den Eisrand Grönlands. Auf einem Schiff nur mit Männern, Männern, die sie nicht kannte. Als ihre erste Reise.

Sie hatten gemeint, das vertreten zu können.

Es sei ja nicht vorauszusehen gewesen, es sei denn, man nimmt immer das Schlimmste von anderen an oder lässt sich von Vorurteilen leiten.

Und darüber hatte sie sich erhaben gefühlt.

Das Wetter legt ihnen winzige Tropfen auf die Stirn. Håvard hat einen Tisch in einem Fischrestaurant im Hafen bestellt, und auf dem Weg dorthin redet er ununterbrochen.

Sie fragt nach den Inspektionsberichten.

»Das ist alles nicht so dramatisch«, antwortet er. »Wenn du nur unterwegs Notizen machst. Verschossene Munition. Erlegte Tiere. Angeschossene Tiere. Wenn du immer die Kästchen in den Vordrucken ankreuzt, kannst du es kurz machen. Du kannst natürlich auch die offenen Felder ausfüllen, wenn du das für nötig hältst.«

Was ist kurz in diesem Bericht und was ist zu ausführlich? Wie soll sie wissen, wofür sie sich entscheiden soll? Was sind hier Details, was ist einfach nur unwichtig?

Håvard hat einen erfahrenen Inspektor zum Essen eingeladen, er soll seine Erfahrungen mit ihr teilen und »Insidertipps« geben. Håvard malt mit den Fingern Anführungszeichen in die Luft, als er das sagt.

Der Inspektor sitzt schon mit einem Halben an einem Tisch in dem halbleeren Lokal, als sie hereinkommen. Håvard klopft ihm auf die Schulter und wirkt dreißig Jahre jünger als der andere. Sie nennt ihren Namen.

Mari.

Sie versteht seinen Namen nicht, oder erinnert sich danach jedenfalls nicht mehr daran. Nimmt nur den Geruch von gestern wahr, den der Mann an sich hat.

»Die willst du mit Arentz losschicken?«, fragt er. Er hält noch immer ihre Hand fest – und sie hat das Gefühl, dass dieser feste Zugriff ihr etwas sagen will –, aber sein Gesicht ist Håvard zugewandt. »Dann müsst ihr euch wohl einen neuen Titel ausdenken? Inspektrice? Das kann man sicher sagen.«

Etwas später erzählt er ein wenig über den Mann, mit dem sie fahren wird, und das ist auch das Einzige von dem, was er sagt, das sich nicht direkt auf ihn selbst bezieht.

»Peder Anker Arentz«, sagt er. »Nein, ich war nicht mit ihm fangen, aber du kennst ihn doch, Lange?«

Lange ist Håvards Nachname.

»Solider Bursche. Fachmann für polare Verhältnisse. Ist auch Forscher.«

»Ach«, rutscht es ihr heraus. »Wo hat er veröffentlicht? Ich konnte nichts finden.«

Der Inspektor mustert sie über den Rand seines Bierglases, das er nach jedem Schluck zurückstellt in denselben Ring aus Feuchtigkeit auf dem Tisch. »Veröffentlicht?«

»Um sich Forscher nennen zu können, muss man seine Forschungsergebnisse doch wohl veröffentlicht haben?«

»In Oslo vielleicht, ja«, antwortet der Inspektor.

Es ist nicht so, dass Håvard kein Gespür besäße. »Old school« sagt er auf dem Rückweg zum Hotel, aber ihm ist nicht aufgefallen, dass der Inspektor betont hat, er sei mit Arentz nicht *fangen* gewesen.

Im Restaurant gab es auch keine Fischsuppe. Seeteufel und Chorizo. Steinbeißer und Fenchelpüree.

In der folgenden Zeit googelt sie sich fieberhaft selbst, einmal die Woche, sie kann es nicht lassen, und besonders intensiv wird es, als ihr Bericht zuerst in der Lokalpresse wiedergegeben wird, dann in den landesweiten Zeitungen und schließlich im Fernsehen. In dieser Zeit sitzt sie meistens zu Hause, ihre Finger scheinen konstant an krampfhaften Zuckungen zu leiden, und sie hat eine klare Vorstellung davon, wie oft sie mit dem Kopf nicken muss, ehe sie aufstehen kann. Ähnlich ist es dann, als ihr Fall zur Verhandlung kommt.

Und hier taucht er wieder auf. Sie findet den Namen des Inspektors in einem Forum auf einer Website für Jäger, wo ihr Fall diskutiert wird. Dort sondert er denselben frauenfeindlichen Schlamm ab wie ihr gegenüber im Restaurant, nun allerdings in einem eher triumphierenden Tonfall.

Als ehemaliger Walfanginspektor (und der Erste, der einen zuverlässigen Report geliefert hat!) habe ich durchaus meine Ansichten über diesen Bericht.

Wir sollten vielleicht eine neue Berufsbezeichnung einführen – »Inspektrice«! Es war eine Frau, die hier als Inspektor eingesetzt wurde. Offenbar eine junge

Dame ohne Sinn für Humor – wenn sie sich also durch die scherzhaften Bemerkungen der Mannschaft beleidigt fühlte.

Ansonsten sind die Namen von Inspektrice und Kapitän öffentlich bekannt. Der Kapitän gilt allgemein als einer unserer wichtigsten Experten (und Forscher) für polare Verhältnisse – während ich über die Inspektrice nur in Erfahrung bringen konnte, dass sie Tiermedizin studiert hatte und dann eine eigene Firma gegründet hat, als sie (unversehrt) von dem grauenhaften Seeräuberschiff an Land gehen konnte.

Alles in allem läuft es wohl darauf hinaus, dass man sehr gute Noten braucht, um einen Studienplatz für Tiermedizin zu erlangen, dass das allein aber keine Garantie dafür ist, dass so eine (unerfahrene) Studentin praktisches Wissen über Jagd oder Fang besitzt.

Am Ende sucht sie häufiger nach dem Namen dieses Inspektors als nach ihrem eigenen.

»Chronologie?«

»Hm? Ja. Entschuldigung.«

Am nächsten Morgen hat sich der Nieselregen verzogen, aber in den höheren Luftschichten treibt der Wind die Wolken nach Norden. Regen schneidet feine Wunden in die Wolkendecke, erreicht aber nicht den Boden. Der Asphaltbelag im Hafen ist hier und dort gerissen, und was gestern noch Meer oder Niederschlag war, ist heute zu Pfützen an Land geworden. Die Möwen müssten am Werk sein, aber keine ist zu sehen, abgesehen von zwei jungen, die mit der Luft verschwimmen.

Die M/S Kvalfjord liegt vor ihnen – alles rot: Rumpf, Achtern, Bug und Steuerhaus. Der Rest ist weiß gestrichen. Am Achterende gibt es eine Luke für Drähte und Tauwerk. Sie sieht die Tonne am Vormast, bestimmt zehn Meter über Deck. Radar und andere Elektronik sind am Großmast befestigt, unter anderem der Telefonmast, aber sie wäre nicht auf die Idee gekommen, dass er dort gefährdet sein könnte. Sie achtet kaum auf das Äußere.

Håvard sagt, die Kvalfjord sei irgendwann in den fünfziger Jahren gebaut worden. Sie hätte das nicht erraten. Für sie sieht die Kvalfjord aus wie jeder andere Trawler oder Fänger, ein Schiff, das genauso gut auch vom Stapel hätte laufen können, als ihr Fertighaus auf den LKW geladen wurde, irgendwann in den Achtzigern.

Obwohl die Roststreifen an dem weiß gestrichenen Teil achtern um Luken und Speigatt von Wunden in einem alten Rumpf zeugen.

Peder Anker Arentz kommt in einem marineblauen Thermopullover über die Laufplanke auf sie zu. Es ist die Sorte Pullover, die fusselt. Die einen Reißverschluss am Hals hat. Sie hatte einen größeren Mann erwartet, aber in Wirklichkeit ist er ziemlich klein und untersetzt. Sie schätzt ihn auf um die sechzig. Die dichten kurzen Locken werden grau, der Bart hat eine dunklere Farbe behalten. Seine Augen sind eisblau. Klar. Furchen und Rinnen und Falten, die sich zu den Wangen hinunter- und zur Stirn hochziehen, deuten eine gewisse Wehmut an, als ob er an etwas denkt, das ihn quält.

Außerdem sind sie feucht. Das ist die beste Beschreibung, die sie liefern kann. Dass seine Augen feucht gewirkt haben.

Sie wechseln einige Floskeln, und sie wird vorgestellt, dann steht Arentz auf dem Kai und redet mit Håvard. Sie hat bereits einige Schritte über die Laufplanke gemacht, als ihr das auffällt. Die Laufplanke ist kurz und steil. Sie muss sich mit beiden Händen am Geländer festhalten, und weil sie den schweren Rucksack auf dem Rücken hat, ist es schwierig, das Gleichgewicht zu halten. Erst jetzt geht ihr auf, dass Håvard nicht vorhat, mit an Bord zu kommen. Für einen kurzen Augenblick ist sie unschlüssig. Sie hat das Gefühl, nicht umkehren und wieder nach unten auf den Kai gehen zu können, ohne einen dummen Eindruck zu machen. Wenn sie weitergeht, kann sie zu eifrig wirken.

Schließlich steht sie mitten zwischen Schiff und Kai, in einer Art Niemandsland zwischen Meer und festem Boden. Håvard winkt ihr zu und wünscht ihr gute Fahrt. Du kannst dich jederzeit melden, per Telefon oder per Mail, dann geht er zurück zum Hotel.

Es ist kein richtiger Abschied. Sie hat das Gefühl, dass sie noch Fragen hätte stellen sollen, dass es noch mehr gibt, das sie hätte wissen müssen.

Die Stahlbeschläge dröhnen, als Arentz schnellen Schrittes die Laufplanke hochkommt.

Sie folgt ihm in die Messe. Die beiden Männer dort nicken ihr nur kurz zu. Sie wird schon erwartet.

Sie sagt, dass sie Mari heißt. Der Mann, der Erster Schütze ist, stellt sich als Erik Henriksen vor. Er sitzt in einem tiefen Sessel und ist mit seinem Mobiltelefon beschäftigt. Sie schätzt ihn auf um die vierzig. Der Mann am Tisch vor den Fenstern der Messe ist so alt wie Arentz, vielleicht auch einige Jahre jünger, eher fünfundfünfzig. Er liest in einer Jagd- und Angelzeitschrift. Er heißt Willy Istad.

»Das fragt er sich immer«, sagt Arentz, der mit dem Rücken zu ihnen an einem Arbeitstisch steht und zwei große Becher mit Kaffee füllt. »Vorhin wollte er aber noch.«

Arentz schaut sich um und wirft einen Blick auf die beiden am Tisch. Er wiehert. Sein ganzer Rücken vibriert.

»Will i«, wiederholt Arentz. »Will i oder will i net?«

Willy lächelt gelassen, ein kleines Lächeln, das ohnehin in seinem Schnurrbart verschwindet. Er sagt: »Den Peder kenn ich doch von zu Hause. Und ich hab gesagt, ich kann als Häuter mitfahren. Vor allem aus Gefälligkeit.«

Arentz setzt sich in einen ebensolchen Sessel wie Erik – braungebeiztes Fichtenholz, gesprungenes braunes Leder mit breiten Knöpfen, die das Polster halten – und schiebt ihr den anderen Becher über einen niedrigen Couchtisch hin. Die Messe lässt sie an Resopal und die Möbelfirma Bruksbo denken, an den Flohmarkt in Birkelunden. Das sagt sie laut. Keiner antwortet.

»Die anderen?« Sie wechselt das Thema.

»Kristoffer«, antwortet Arentz und bläst auf seinen Kaffee. »Der schläft aus. Hat gestern einen Zug durch die Gemeinde gemacht. Letzte Möglichkeit für viele Wochen. An Bord wird nicht getrunken.«

»Wie alt ist er?«

»Neunzehn.«

»Wie heißt er mit Nachnamen?«, fragt sie und fügt hinzu: »Ich dachte, ich könnte schon mal anfangen, den Bericht auszufüllen. Also das, was ich jetzt schon tun kann. Bestätigung über die bestandene Prüfung im Umgang mit dem Hakapik.«

Arentz trinkt einen Schluck, ehe er antwortet. »Lensvik«, sagt er dann. »Kristoffer Lensvik.«

»Er ist Dritter Schütze? Und Häuter?«

»Zweiter Schütze«, sagt Arentz. Er nickt gelassen wegen einer Entscheidung, die er schon vor einiger Zeit getroffen hat, die jetzt aber wieder in seinen Gedanken aufgetaucht ist. »Wie gesagt, Willy ist vor allem dabei, um mir einen Gefallen zu tun.«

»Ich dachte, ihr wärt noch mehr«, sagt sie.

»Wir hatten ein bisschen Pech«, erwidert Arentz. »Mit dem Steuermann. Der hat sich die Finger in einer Autotür gequetscht und gebrochen, also bleibt er an Land. Und ich muss da eben eine Art Doppelrolle spielen. Und sonst? Tja. So schnell konnten wir nicht genug Leute finden. Robbenfänger werden schon lange nicht mehr als Helden gefeiert, um das mal so zu sagen. Die Reederei hat bereits ein Schiff draußen. Wir übernehmen einige Leute von denen, wenn wir angekommen sind.«

Sie hat noch keinen Schluck getrunken, doch als sie es tut, merkt sie, dass der Kaffee frisch ist. Frisch aufgegossen. Er war noch nicht lange genug in der Thermoskanne, um lauwarm zu werden. Auf dem Tisch vor Arentz liegt eine Packung Zigaretten. Sie sieht dem Logo an, dass es sich um Marlboro handelt, der Text auf der Packung ist jedoch in kyrillischen Buchstaben gehalten. Sie kann kein Russisch. Weiß nicht, wovor die Packung warnt oder was sie verspricht. Die beiden anderen in der Messe rauchen dieselbe Marke. Arentz bietet ihr eine an.

»Nein danke. Ich rauche nicht«, sagt sie, ehe sie hinzufügt: »Aber manchmal nehme ich Kautabak. Auf Partys.«

Håvard hatte etwas gesagt. Wenn du gleich am Anfang guten Kontakt bekommst, ist viel geschafft.

Auf dem Weg zu ihrer Kajüte geht sie vorbei am Schrank mit den Überlebensanzügen. An den Schranktüren ist ein Schild festgeschraubt, ein Strichmännchen, das in den Schnee fällt und dabei mit den Armen fuchtelt. Sie öffnet die Tür und sieht sich die Anzüge an. Die sind neu und rot. Sind unbenutzt. An einem hängt noch immer das Preisschild, zusammen mit einer Produktbeschreibung. Sie liest, dass die Anzüge aus feuerfestem Neopren hergestellt sind. Sie kann sich nicht entscheiden, ob sie sich durch diese Information sicherer oder weniger sicher fühlt.

Die Tür zur Kajüte ist rot. Sie ist in einem tieferen Farbton lackiert als der Schiffsrumpf, tiefer auch als die Farbe der Rettungsanzüge. An mehreren Stellen ist der Lack abgeblättert. Späne ragen aus den Wunden hervor.

Das erinnert sie an andere Türen. Die sie in den Nachrichten gesehen hat. Aufgebrochene Türen in Gefängnissen. Die teilweise angezündeten, verrußten Türen in einem Gang, in einem Asylbewerberheim.

Schon ehe sie ablegen, schon als der Motor noch still ist und vor ihrem Fenster weiterhin Tromsø liegt, dreht sie den Schlüssel in der Tür rum. Dann packt sie ihren Rucksack aus.

Die Kajüte ist nicht groß. Ein Bett vor dem einen Schott. Eine niedrige Bank. Ein Spiegel über zwei Rohren, die irgendwann einmal mit einem Waschbecken verbunden gewesen sein müssen, jetzt aber plombiert sind. Eine Korktafel mit einem Rahmen aus Fichtenholz.

In ihrer ersten Studentenbude hing eine solche Korktafel, und sie hat jetzt, als sie davorsteht, ein wenig dasselbe Gefühl von Verlorenheit. Aber in dem Zimmer im Studentenheim, damals, hatte die vorherige Bewohnerin mit bunten Filzstiften »WILLKOMMEN« auf einen Zettel an der Pinnwand geschrieben und ihn hängen lassen. Die Tafel hier aber ist ganz leer.

Auf dem Rückweg gleiten ihre Finger über die raue Oberfläche des Schrankes, in dem die Rettungsanzüge hängen. Sie war drei Tage außerhalb von Sandnes, um das Überleben zu lernen, vor langer Zeit einmal. Hat in einem solchen Anzug gesteckt.

Am letzten Tag des Kurses wurden alle in eine Kapsel gesetzt, die in Wirklichkeit ein Rettungsboot war. Dort saßen sie von Angesicht zu Angesicht, Bank gegen Bank, nervöse Kolleginnen und Kollegen, dann wurden sie in Jåttåvågen zehn Meter tief zur Wasseroberfläche hinabgelassen. So werden in der Nordsee Menschen gerettet, von oben her.

Danach hüpften sie wie ein Korken auf und ab, aber auf der Kvalfjord hat sie noch nichts Vergleichbares gesehen. Dort gibt es nur die Schlauchboote.

»Überlebensanzug ist ein Wort, das wir bewusst nicht benutzen«, hatte der Lehrer gesagt. Er war vorher bei der Seefahrtsbehörde angestellt gewesen. »Rettungsanzug ist unserer Meinung nach eine korrektere Bezeichnung. Es ist nicht garantiert, dass man überlebt, wenn man so einen Anzug an Bord hat, und es gibt zudem unterschiedliche Typen mit unterschiedlicher Isolationsfähigkeit.«

Jetzt sind alle in der Messe. Kristoffer ist aufgestanden und sitzt mit einem Laptop dort am Tisch, wo vorhin Willy gesessen hat. Er lächelt, als er sie begrüßt. Er hat Wachs in den blonden Haaren. Er hat ein Lächeln wie ein Siebenjähriger, aber auch ein Wirrwarr aus keltischen Kreuzen, Schlangen und Karpfenschuppenmustern von den Oberarmen bis hinunter zu den Handgelenken. Unter den Arbeitskleidern, die allesamt aus Reflexstoff sind, trägt er ein weißes T-Shirt.

Arentz erkundigt sich nach ihrer bisherigen Erfahrung.

»Ich bin Tierärztin«, sagt sie.

Das entlockt ihm ein Nicken.

»Ich habe außerdem den Jagdschein«, fügt sie hinzu.

»Ach«, sagt Arentz. »Dann kannst du vielleicht auch bei der Arbeit zugreifen?«

»Ich habe keine großen praktischen Erfahrungen«, sagt sie.

»Nein, nein«, sagt Arentz. »In der Hinsicht bist du nicht viel anders als Kristoffer. Du kannst vielleicht die Kurbel drehen und helfen, die Scheuerfässer auszuspülen.«

Falls es am Ende des Satzes ein Fragezeichen gibt, dann hört sie es aus seinem Tonfall jedenfalls nicht heraus.

Sie hatten darüber gesprochen, gemeinsam den Jagdschein für Großwildjagd zu machen, sie und der Vater, vor dem Herzinfarkt, und als er dann zur Bewegungslosigkeit gezwungen war, hatte sie beschlossen, es allein zu tun, als eine Art Gruß an ihn. Aus Respekt vor dem Leben und den Versprechen, die eines Tages verschwunden waren.

Sie werden lange Zeit kein ordentliches Essen mehr bekommen, deshalb bestellt die Mannschaft Pizza und lässt sie die wenigen Meter aus der Innenstadt zum Kai hinunter bringen. Der Bote kommt mit drei dampfenden Kartons über die Laufplanke, es riecht nach warmer Pappe und Peperoni.

Sie legen einige Minuten nach elf Uhr abends ab, während die Sonne hoch über der Tromsøbrücke steht, bleich und gedämpft hinter einer leichten, hohen Wolkenschicht. Der Wind, der das Regenwetter nach Osten verschoben hat, ist zu einer leichten Brise abgeflaut. Der Sund vor dem Bug liegt flach vor ihr. Es sieht eher aus wie der Beginn eines dunstigen Sommermorgens, nicht wie das Einsetzen der Nacht.

Sie erlebt die Ausfahrt von dem erhöhten Schießplatz am Bug aus. Drei Austernfischer fliegen vor ihnen vorüber und weiter zum anderen Ufer. Sie hört immer noch ihre eindringlichen Rufe, als sie schon lange verschwunden sind.

Als sie klein war, hatte sie Angst vor Austernfischern. Ihr Geschrei machte sie nervös. Sie hatte dem Vater erzählt, es höre sich an, als würden die Vögel mit Nadeln gestochen.

Aber das war natürlich anders geworden, und nachdem sie den Jagdschein gemacht hatte, hatte sie sich freiwillig gemeldet, als ein Tanker auf Grund gelaufen war. Das Einzige, was an den armen Vögeln nicht mit Öl verklebt war, waren die roten, geraden Schnäbel.

Sie hat keinen von ihnen schreien hören, dort am Strand, als sie in dem sinnlosen Schaumbad gewaschen wurden.

Früh am nächsten Morgen, als sie aus ihrer Kajüte kommt, nimmt sie von der Messe her den Geruch von Eiern, Speck und Bohnen in Tomatensoße wahr, aber sie hat schon beschlossen, erst zu duschen, ehe sie den Tag richtig beginnen lässt. Sie geht davon aus – so lange sie allein und mitten auf dem Meer sind –, dass nichts eilt.

Die Dusche liegt von der Messe aus gesehen am anderen Ende des Korridors. Sie geht barfuß. Der Boden im Korridor ist fleckig von alter Farbe über alter Farbe. Es ist, wie über einen rauen Kellerboden zu gehen. Als ob Fischschuppen und alte Erinnerungen wieder und wieder von diesen Flächen gescheuert worden wären.

In dem kleinen Verschlag, wo Dusche, Duschstange und Mischbatterie in die Wand geschraubt worden sind, steht ein großer Heizkessel. Nur mitten unter dem Duschkopf hat sie Platz genug, um sich umzudrehen, zwischen Heizkessel und Verschlag muss sie seitlich durchschlüpfen. Die anderen an Bord müssen sich dazwischenpressen, nimmt sie an.

Der Vorhang klebt an ihrem Körper, oder er klebt am Heizkessel, aber das kommt ihr riskant vor. Wenn es also passiert, zieht sie ihn lieber wieder an sich. Der Boden füllt sich mit Wasser, als sie duscht, er ist an keiner Stelle abgeschrägt. Das Wasser bedeckt die gesamte ebene Bodenfläche und schwappt entsprechend den Bewegungen des Bootes hin und her.

Als sie fertig ist, wickelt sie sich in ein Handtuch und stellt fest, dass ihre Kleider, die sie vor der Tür auf die Holzbank gelegt hatte, nicht mehr dort sind. Sie läuft zurück zu ihrer Kajüte, und dort findet sie ihre Sachen zusammengefaltet und ordentlich aufeinandergelegt, wie sie das auch getan hatte. Sie verdrängt das alles, an diesem ersten Tag gibt es auch so genug Stoff zum Nachdenken.

Tagsüber sieht sie meistens Arentz zurückgelehnt in seinem ledernen Recliner-Sessel, den er vor Steuerruder und Schaltpult gestellt hat. Er scheint ihrer Anwesenheit keine sonderliche Aufmerksamkeit zu widmen, schaut entweder geradeaus oder in seinen Kaffeebecher. Sein Kopf passt sich offenbar dem Rhythmus der Wellen an, er korrigiert das Gleichgewicht, indem er leicht mit dem Kopf wippt. Ab und zu legt er das Funkgerät ans Ohr.

Sie ertappt sich bei der Frage, ob sein Kopf mit diesem gleichmäßigen Wippen weitermachen würde, wenn er in seinem Sessel einschliefe.

Die Monotonie setzt viel schneller ein, als sie erwartet hatte.

Kristoffer vertreibt sich die Zeit damit, auf dem Laptop *Call of Duty* zu spielen. Ab und zu sieht er sich Pornos an.

»Solltest du dir nicht lieber ein Hobby zulegen?«, fragt sie scherzend und wirft einen Blick auf die Gitarre, die neben ihm liegt.

»Porno ist mein Hobby, zusammen mit Partys. Aber die kann ich hier ja nicht machen. Die da«, sagt er und zeigt auf die Gitarre, »ist da, um Frauen anzulocken.«

»Dann versuch es doch mal«, sagt sie, aber er lächelt nur. Der richtige Tonfall ist wichtig. Sie fährt mit einem Finger über drei der Saiten. Stahlsaiten. Sie fragt sich, warum er keine Nylonsaiten hat, die Arbeit, die vor ihnen liegt, ist nicht gerade schonend für die Fingerspitzen.

Sein Laptop ist von der gleichen Marke wie ihr erster, und auf die Rückseite des Schirms hat er Aufkleber gepappt. Einer von Motörhead. Einer mit der Aufschrift *Zombie Killer.* Eine längliche Meinungsäußerung: *Meat is murder.* Über Letzteres staunt sie in Anbetracht der Umstände, und das sagt sie dann auch.

»Meine Freundin hat den angebracht. Sie war jünger als ich. Drei Jahre jünger und ein bisschen, naja, wie soll man sagen? Alternativ. Schwarze Schminke. Palästinensertuch.«

»Seid ihr noch immer zusammen?«

»Großer Gott, nein. Sie ist aus dem Dorf abgehauen.«

In Gedanken addiert sie die Zahlen – das Alter der beiden Jugendlichen.

Kristoffer trägt noch immer die neongelbe Arbeitskleidung. Die Überjacke mit den Reflexbändern. Die Hose mit Schlaufen und tiefen Taschen für Werkzeug. Er hat diese Kluft mitgenommen, als es mit seinem vorigen Job vorbei war. Er hat in einer Kiesgrube einen Bagger und einen Kipplaster gefahren. Er sagt, ein Bekannter habe ihm den Job besorgt. Die vom Arbeitsamt hätten sich doch bloß den Arsch breit gesessen.

»Zwei Monate, obwohl es eine Einarbeitungszeit geben sollte. Ich hab mich die ganze Zeit gelangweilt, und dann bin ich abgehauen.«

Auch sie hatte einen Aufkleber auf ihrem Laptop gehabt. Ein Exfreund hatte einen von Apple angebracht. Der Junge hinter dem Tresen im Elektroladen hatte gegrinst, als er das sah, damals, als sie das Gerät zum Recycling dort abgeben wollte.

Sie redet mit Willy über Jagd, und das macht Spaß. Er war auf Großwildjagd in Afrika und im nördlichen Manitoba. Er war mehrere Male in Grönland, um den typischen arktischen Saibling zu fischen, den es da oben in den Flüssen gibt.

Im Licht der Scheinwerfer sahen sie beide den petroleumgrauen Widerschein der Augen der kleinen Katze, und als das Tier sich nicht von der Auffahrt entfernen wollte, hielt der Vater den Wagen an. Beide stiegen aus. Das Tier war schwer verletzt, das sah sie sofort. Der Vater sagte, sie solle sich wieder ins Auto setzen oder ins Haus gehen, aber sie schüttelte den Kopf.

»Die muss ins Krankenhaus«, sagte sie.

»Mein Kind«, antwortete ihr Vater. »Es gibt kein Krankenhaus für Tiere. Nur den Tierarzt. Und der Tierarzt kann dieser Katze nicht mehr helfen.«

»Wer kann ihr denn helfen?«, fragte sie.

»Der kann niemand helfen«, sagte der Vater. Er war um das Auto herumgegangen, hatte den Kofferraum geöffnet. Er hielt den Wagenheber in der Hand. »Aber sie hat Schmerzen. Es wäre das Beste, sie von diesen Schmerzen zu befreien. Verstehst du, was ich meine?«

»Willst du sie umbringen?«, fragte sie. Sie weiß noch, wie schwer es war, das alles zu sagen, denn das Katzenjunge sah sie die ganze Zeit an.

»Das wäre sicher das Beste«, sagte ihr Vater. »Auch für das Tier.«

»Aber warum willst du sie umbringen?«, fragte sie leise.

»Ich will sie nicht umbringen«, antwortete der Vater. Eine Hand auf ihrer Schulter. Den Wagenheber vor seinem Oberschenkel. »Manchmal muss man Dinge tun, zu denen man keine Lust hat. Auch das ist eine Weise, sich um die Tiere zu kümmern.«

Sie sah, wie der Vater das kleine Tier behutsam vom Boden aufhob, ein Wuschel, das nicht größer war als seine Handfläche. Das Katzenjunge ließ nicht einmal ein Wimmern hören. Wieder bat er sie, ins Haus zu gehen, aber sie blieb im Schnee vor der Eingangstür stehen im Licht der Scheinwerfer. Er hatte den Motor nicht ausgeschaltet. Das Gesicht der Mutter tauchte im Küchenfenster auf, zwischen den Vorhängen.

Sie blieb stehen, bis sie das Dröhnen des Wagenhebers gegen die Felsbrocken im Wald hörte. Er hatte es getan, um Leiden zu verringern, und er hatte sie für reif genug gehalten, das zu wissen.

Ihr fällt diese Episode ein, weil etwas in Willys Gesichtsausdruck sie an das Gesicht erinnert, das unten im Garten auftauchte, nachdem das Katzenjunge getötet worden war. Sie hält ihn für reserviert.

Irgendwann wird sie lernen, dass ein Mensch, von dem man sich einen Eindruck bilden will, wollen muss, dass sich jemand von ihm ein Bild macht.

Nachts sinkt die Umdrehungszahl der Schiffsmotoren, aber es wird niemals wirklich Nacht. Tag auch nicht. Sie sind die ganze Zeit von der gleichen anthrazitgrauen Masse umschlossen, egal, welche Tageszeit es gerade ist.

Umgebung und Wetter sind dieselben, aber das Meer scheint sich zu verändern. An manchen Tagen ist es dunkel und schwer, eine ölige schwarze Soße, manchmal ist es auch so dünn, dass die Kvalfjord um größeren Widerstand zu bitten scheint, als ob sie die Dünung mit zu hartem Gas durchschneiden.

Einige dieser Überlegungen schreibt sie in ihr Notizbuch, obwohl sie weiß, dass sie niemals in ihren Bericht einfließen werden. Sie starrt ins Kielwasser und denkt an einen Vortrag, den sie in der Oberstufe halten musste.

Zwischen den Ländern fließt ein Goldstrom dahin. Wo der Welthandel die großen Werte verschiebt, strömt er in einem breiten, mächtigen Bett, in alle Richtungen, in zahllosen Verzweigungen ziehen sich die goldenen Nebenströme bis in die fernsten Weltwinkel dahin. Aber oben auf dem Strom wirbelt in rastloser Unruhe der blauweiße Schaum der Wechsel.

Sie merkt, dass sie jetzt über fast alles, was um sie herum vor sich geht, in Gleichnissen denkt. Die Gleichnisse kommen in Stößen.

Wie der Geruch des Zigarettenrauchs.

Abends und nachts steht oft jemand zum Rauchen an Deck, obwohl auch in der Messe alle die ganze Zeit rauchen, und dann sickern dünne Schwaden von verbranntem Tabak in ihre Kajüte. Das Fenster (sie bringt es nicht über sich, das Fenster anders zu nennen, es ist kein richtiges Bullauge) liegt gleich unter der Backbordlaterne, und ihre Wände werden vom Widerschein rötlich gefärbt. Dann liegt sie da, im Varietélicht, und teilt unmerklich einen der ruhigen Augenblicke der anderen.

Zweimal geht sie hinaus zu dem, der dort raucht, aber damit hört sie auf, es ist schwer, in diesen Augenblicken ein Gespräch zu beginnen, und sie scheinen auch nicht reden zu wollen, wenn sie dort an Deck stehen.

Sie merkt, dass sie auch von dem schwachen Geruch geweckt wird. Verdutzt setzt sie sich in dem schmalen Bett auf, denn der Geruch ist stärker ausgeprägt als dann, wenn er vom Deck kommt. Dass sie jetzt aufwacht, liegt eher daran, dass irgendein Geräusch den Rauchgeruch begleitet, als ob der Betreffende nicht am Heck steht, sondern vor ihrer Kajütentür.

Sie verdrängt diesen Gedanken. Es ist so leicht, auf einem Schiff in Bewegung den Richtungssinn zu verlieren.

Sie fragt, ob es nicht erlaubt ist, frische Kleidung zum Wechseln auf die Bank vor der Tür zum Waschraum zu legen. Diesmal ist sie ganz sicher, dass sie ihre Kleider genau vor der Tür zusammengefaltet und zurechtgelegt hat, drinnen ist einfach nicht genug Platz. Ihre Sachen würden auf dem feuchten Boden ebenfalls durchnässt werden, und sie wagt auch nicht, sie auf den Heizkessel zu legen.

Aber die Sachen lagen nicht auf der Bank, als sie fertig war. Der Stapel lag in ihrer Kajüte.

Niemand scheint zu verstehen, wovon sie da redet.

Sie kommt Erik nur sehr wenig näher. Sie ist meistens mit Kristoffer zusammen, obwohl der Altersunterschied zwischen ihnen der gleiche ist wie der zwischen ihr und Erik, nur eben in der anderen Richtung. Es kommt ihr natürlicher vor, denn die Entfernung nach oben wirkt um einiges größer als die nach unten zu Kristoffer.

Außerdem hat Erik noch kein Wort freiwillig an sie gerichtet.

Und Entfernung ist auch nicht das Wort, das sie gesucht hat. Dieses Wort ist Kälte.

Die ihm verbliebenen Haare hat er um die Ohren ganz kurz geschoren, sie sind blondgrau, seine Bartstoppeln hingegen sind grau gesprenkelt.

Erik hat ein Aussehen, das nichts hergibt, sagte sie danach, aber sie wusste nicht mehr, zu wem. Es wäre schwierig, dieses Aussehen zu beschreiben, wenn man dazu aufgefordert würde, denn die Beschreibung würde ungeheuer beliebig klingen.

Dein Nachbar. Der Vater eines Jungen, der in dieselbe Klasse geht wie dein Sohn. Einer, von dem du Holzgeräte kaufst.

Wenn Wind aufkommt, jagt er durch die Schotten, und sie spürt es in den Gehörgängen, wenn sie nur den Kopf aus der Tür steckt, aber sie haben Glück und stoßen auf gutes Wetter.

Wenn es windstill ist, schießen sie die Waffen ein. Zielscheiben sind an Pfählen zu beiden Seiten des Hecks befestigt, und so lange geschossen wird, geht niemand von den anderen nach achtern zum Schießplatz, was bedeutet, dass die, die nicht schießen, an der überdachten Plattform lehnen und alles beobachten. Sie auch.

Sie variieren das Training. Sie schießen, wenn die Kvalfjord still liegt und wenn sie niedriges Tempo hält. Sie schießen in allen unteren Bereichen der Beaufortskala, denn Wetterbericht und Mitteilungen über Funk sagen, es werde während der Fangtage klar und ruhig sein.

Sie gibt selbst auch einige Schüsse ab. Das scheint ihr notwendig zu sein. Sie holt nicht viele Punkte.

Entspricht die Munition für die Gewehre dem § 4 der Ausübungsvorschriften, Artikel 1 und 2?

Ja (x) Nein ( )
Kal. .222 & .308

~~Wenn nein, welche Art Munition wird verwendet?~~

Dem Kapitän zufolge wurden verwendet 3800 Schuss mit Kal. .222 & 600 Schuss mit Kal. .308.

Erik fragt, ob sie auch die Halbautomatischen einschießen werden.

»Die Kalaschnikows«, fragt Arentz. Sie sitzen in der Messe. Willy steht auf der Brücke. »Nein, das finde ich nicht. Weiß auch nicht, ob wir die überhaupt brauchen werden.«

Später bereute sie, die Kalaschnikow im Bericht erwähnt zu haben. Sie schrieb so hektisch an den wenigen Tagen in Nuuk, dass sie wusste, etwas würde verlorengehen. Es war zu viel, das hineingepresst, das komprimiert werden musste, und sie hatte Angst, etwas zu vergessen oder nicht deutlich genug klarzustellen, was geschehen war.

Aber die Kalaschnikow ging nicht verloren. Sie schrieb diesen Waffentypus ganz bewusst auf, denn ihr war klar, dass das Aufsehen erregen würde. Sie schrieb den Namen voller Wut auf, und sie wusste sofort, dass sie sich hätte mäßigen müssen.

Sie wollte nicht.

Die falsche Bezeichnung der Waffe machte es leicht, ihr Fehler nachzuweisen. Das trug dazu bei, dass ihr nicht geglaubt wurde, machte es leicht, sie als hysterisch abzutun. Netztrolle ernähren sich von Tatsachenfehlern. Auch ihrer:

Der Bericht der Inspektrice betont, dass »keine Papiere für die Kalaschnikow vorgelegt wurden«. Der Kapitän sagt aus, dass diese Waffe zum Testen mitgenommen worden war, aber das war der Dame nicht klar (sie hat keine Ahnung von Waffen).

Ihr war auch nicht klar, dass »Kalaschnikow« ein an Bord gebräuchlicher Spitzname ist, und deshalb sah für sie alles viel schlimmer aus. Die halbautomatische Waffe ist eine von der Tikka-Fabrik gebaute Valmet-Petra.

In der Zeit danach musste sie sich zu Fabrikat und Modell und Typ und Herkunft (Finnland) äußern, und sie las Wikipedia-Einträge über Waffenproduktion und Kalten Krieg, um dann für sich zu wiederholen, was sie gelesen hatte.

Aber sie konnte sich nicht daran erinnern, dass ihr jemand die Frage gestellt hätte: Schießen wir Robbenjunge mit halbautomatischen Waffen ab?

»In Bezug auf die eigentliche Überfahrt erinnere ich mich sonst nicht mehr an Dinge, die Bedeutung hatten.«

»Der Telefonmast?«

Sie schlief, als der Telefonmast brach. Sie erfuhr es nebenbei am nächsten Tag.

»Es war doch gar kein Wind heute Nacht«, sagt sie.

»Nein, das ist schon seltsam«, antwortet Arentz. Er hat sich in seinem Sessel vorgebeugt und hält Ausschau mit seinem Fernglas, auch wenn es so aussieht, als wolle er damit nur Zeit schinden. »Da bin ich ganz deiner Meinung. Ich weiß nicht, wie das passiert sein kann.«

»Was bedeutet das? Ich meine: Welche Konsequenzen hat ein gebrochener Telefonmast?«

»Keine großen«, antwortet Arentz. Er lässt das Fernglas sinken und richtet den Blick auf sie. Er wartet einen Moment, ehe er fortfährt: »Telefon und Internet funktionieren nicht mehr. Das Einzige, was funktioniert, ist das Funkgerät.«

»Das ist ein offener Kanal«, sagt sie.

»Ja«, antwortet Arentz. »Offenes Kommunikationssystem. Ja. Alle hören alles.«

Eine halbe Woche, bevor sie ihr Ziel erreicht haben, hört sie auf zu duschen, denn der Waschraum kann nicht abgeschlossen werden wie ihre Kajüte, es gibt nur einen kleinen Haken. Zwischen Türrahmen und Türblatt: ein Spalt, sodass man die Tür nicht richtig zuziehen kann. Kein Problem, das flache Ende eines Schraubenziehers oder die Klinge eines Schweizer Armeemessers in den Spalt zu stemmen. Den Haken hochzuschieben.

Sie hat den Eindruck, dass der Zigarettengeruch vor ihrer Kajüte nachts stärker geworden ist.

2

Ins Westeis

Sie merkt der Luft an, dass sie am Ziel sind, schon, als sie längst noch nichts sehen kann.

Ehe sie die zerrissenen Eisschollen erblickt, den Rand des Grönlandeises, nimmt sie die Kälte wahr, die diese Massen abgeben, nimmt sie wahr wie etwas Physisches. Die überraschend scharfe Kälte, man zieht sie in die Lunge ein und muss einfach denken, dass sie etwas in einem verändert.

Danach wird sie von dem Anblick überwältigt.

Hier draußen ist der Tod. Es gibt hier etwas, das zittert, das die Luft sättigt, und dieser Vorspuk wird von der Kälte verstärkt, die ihnen entgegenströmt, voll aus dem Eis. Außerdem ändert sich das Licht. Sie haben die Bleischichten verlassen, von denen sie auf dem offenen Meer umgeben waren. Die Sonne steht hoch am Himmel. Sieht aus wie ein einsames gelbgraues Auge, bedeckt von Dunst, bedeckt von Butterbrotpapier. Der Filter des Eises, Albedo, plötzlich ist alles wie auf den Kopf gestellt.

Bisher hatte sie nicht begriffen, dass sie eine Grenze übertreten werden, aber die Mannschaft muss es schon lange gespürt haben. Sie nimmt Tiefdruck und Hochstimmung wahr.

Vor dem Bug, einige Grad weiter nach Norden, liegt ein anderes Schiff. Anfangs begreift sie nicht, was es ist. Sie glaubt, ein Spiegelbild der Kvalfjord zu sehen, glaubt, das Eis reflektiere das Bild. Sie fragt sich, ob sie zu spät die Sonnenbrille aufgesetzt hat, ob ihre Sehfähigkeit bereits beschädigt ist. Einen kurzen Moment, ehe ihr einfällt, dass sie drei Mann von der Aurora an Bord nehmen werden, die sie beim Häuten entlasten sollen, glaubt sie nicht, dass das, was sie sieht, das ist, was sie sieht.

Aber ehe sie beim Schwesterschiff anlegen, gehen sie ganz dicht an die Eiskante heran, um zu sehen, ob die Eisschollen halten werden. Dort, wo die Eismassen brechen, hören sie Dinge, die sie vorher nicht gehört haben. Sie hören noch immer das metronome Dröhnen aus dem Maschinenraum der Kvalfjord. Sie hören ab und zu das Bellen der Seehunde, die sie nicht sehen können. Aber sie hören auch das unergründliches Knacken, das Knistern, ab und zu ein heftiges Aufstoßen des Eises *an sich.* Sie hören es leben.

Kristoffer klettert nach unten und prüft zuerst ganz vorsichtig das, was er unter den Füßen hat, dann mit neugewonnener Festigkeit, aber er geht unsicher.

Draußen in der weißen Masse ist es schwer zu erkennen, wo das Eis kleine Brüche bildet, wo es sich zu Buckeln hebt. Der Gang eines ungeschickten Kindes.

Die Temperatur fällt, während sie zusieht. Auf der Überfahrt war die Temperatur angenehm. Fast die ganze Zeit über Null, aber jetzt sieht sie, dass die Ziffern im Display immer weiter nach unten schleichen. Minus sechseinhalb Grad. Es ist der Monatswechsel April–Mai.

Sie lassen das eine Schlauchboot herunter, und Erik bringt es ruhig hinüber zur Aurora, wo drei Mann an der Strickleiter herabsteigen. Nur Minuten später sind sie wieder da. Ihr fällt nichts Besonderes auf. Zwei der Männer sind nicht älter als Kristoffer. Der dritte ist ein Russe. Arentz begrüßt sie auf der Brücke.

»Vom eigenen Kapitän ausgeliefert«, sagt er, und während er das sagt, drückt er auf den einen Knopf am Funkgerät. Es knackt in der Verbindung. Ein Geräusch von knatternden Schneidegeräten. Ein scharfes, weißes Geräusch.

»Was sagst du«, fragt Arentz lächelnd. Er hält den drei Männern, die jetzt an Bord gekommen sind, die Zigarettenpackung hin. Wieder dieser Lärm.

»Komm schon«, sagt Arentz lachend.

»Ich sage *ha ha ha, du Scheiß Schwanz*«, kommt die Antwort von der Aurora.

Seit er zurückgekommen ist, nachdem er die Häuter geholt hat, läuft Erik in rastloser Unruhe an Bord herum. Er springt die drei Stufen zum Schießplatz am Vorderdeck hoch, macht kehrt und steigt wieder herunter. Er entsichert sein Gewehr und sichert es wieder. Er legt an und schaut aus zusammengekniffenen Augen durch das Zielfernrohr, obwohl es nichts zu sehen gibt. Als sie sich der Eisscholle nähern, auf der sich an die dreißig Seehundsjunge aneinanderdrängen, ist er noch immer nicht zur Ruhe gekommen. Sichern. Entsichern. Sichern. Entsichern. Von dort, wo sie steht, kann sie sehen, dass Arentz auf der Brücke ihn nicht aus den Augen lässt. Sie beugt sich über die Reling und hebt das Fernglas. Es sind vor allem Junge von Grönlandseehunden. Hier und da ein Blaurücken. Sie nimmt an, dass sie weniger als hundert Meter entfernt sind, als Erik den ersten Schuss abgibt.

Sie sieht, dass die Flossen getroffen werden und das Eis unter dem Seehund sich sofort verfärbt, aber sie weiß, dass der Schuss das Junge auf keinen Fall getötet hat. In der Nähe der Flossen gibt es keine lebenswichtigen Organe. Nur Speck und Fleisch und Schmerz, und sie hört den nächsten Schuss krachen. Der Treffer schleudert das Junge auf die Seite. Sie sieht, wie es hilflos zappelt, sich wieder aufrichten will, sie spürt, wie sehr es sich nach der Eiskante sehnt. Der dritte Schuss reißt den Kopf des Seehundsjungen nach hinten und setzt seinen Bewegungen ein Ende.

Sie weiß es bereits.

Drei Schüsse auf ein still liegendes Seehundsjunges.

Dieses Tier hat gelitten.

Es hätte nicht gereicht, den passenden Umgangston zu finden.

In der Herde macht sich jetzt Unruhe breit. Einige Seehunde haben sich halbwegs aufgerichtet. Auf die Flossen gestützt, beobachten sie das Schiff, das näherkommt. Andere bellen jetzt, aber mit einem klagenden scharfen Diskant, weil sie so jung sind.

Das Nächste scheint von einem Volltreffer erwischt zu werden. Sie sieht die Einschussstelle. Sieht, dass das Blut dunkler ist. Und die Konsistenz. Eher Sirup als Wasser.

Sie beobachtet die Bewegungen von Erik oben am Schießplatz. Mechanisch, aber nicht auf eine geschmeidige oder geübte Weise, eher Stakkato. Ruckhafte Bewegungen. Hartes Reißen an den beweglichen Teilen der Waffe. Kein Rhythmus, keine Ruhe. Sie denkt, dass die klagende Angst unten auf dem Eis auf ihn übergreift.

Das Beste wäre es, oben in die Tonne zu klettern. Von dort aus hätte sie bessere Übersicht. So lange kein Kadaver an Bord genommen worden ist, kann sie an Deck auch nichts tun. Sie hat das Gefühl, bessere Sicht auf das zu brauchen, was kommen wird, aber ehe sie noch weiter überlegen kann, erhebt sich plötzlich vom Eis ein kollektives

Geheul, viele Dezibel lauter als das, was sie bisher gehört haben.

Instinktiv erzählen die Tiere, was da aus dem Frostnebel auf sie zukommt. Die Angst schließt sie zu einer kriechenden Masse zusammen.

Chaos und Wut herrschen, und die Stimmen der Mannschaft geben beides wieder. Ohne es zu wollen, schleicht sich auch bei ihr ein Gefühl ein: eine unbegründete Zwangsvorstellung, dass sie von einem Fehlschuss getroffen werden kann, wenn sie nicht vom Deck verschwindet. Eine Zwangsvorstellung.

Die Tritte zur Tonne nach oben sind vereist. Sie sind glatt unter den Stiefelsohlen. Sie muss sich gewaltig konzentrieren, damit ihre Füße nicht unter ihr weggleiten. Damit ihre Waden nicht die nächste Aluminiumsprosse treffen und im schlimmsten Fall brechen. Sie hat das Gefühl, es eilig zu haben.

Die Fausthandschuhe halten sie auf. Sie sind groß und steif von klebrigem Schnee. Sie hindern sie daran, sich richtig festzuhalten. Sie zieht sie aus, steckt sie in die Taschen ihres Overalls und lässt sich von dem gefrorenen Metall rote Striemen in die Handflächen brennen.

Ihr Körper gibt ihr eine Art Signal, als sie oben ankommt und in die Tonne klettert. Sie setzt sich auf den Klappsitz. Es ist eng, so eng, dass ihre Knie gegen die Tonnenwand stoßen, wenn sie sitzt. Wenn sie steht, muss sie den Kopf in den Nacken legen, um aus den kleinen Fenstern blicken zu können. Ihr ist klar, dass sie hier oben meistens stehen muss. Sitzen wäre zu unbequem. Und sehen könnte sie dann auch nichts.

Auf der Backbordseite der Tonne hängt ein Funkempfänger, aber einen Sender gibt es nicht.

Ihr Körper redet noch immer mit ihr, aber sie versteht nicht, was er sagt. Sie drückt die Hand auf die Brust, auf die vielen Schichten von Kleidern, und spürt, wie die Schläge auf sie zurollen.

Wie ein Nachbeben, denkt sie. Wie das verängstigte Herz des Austernfischers, den ich gewaschen habe.

Der Motor macht keine Umdrehungen mehr, er steht im Leerlauf. Die Kvalfjord treibt auf die Eisscholle zu. Erik schießt nicht, um zu töten. Er schießt, um die Seehundsjungen an der Flucht zu hindern. Junge, die dabei sind, über den Eisrand zu springen. Junge, die ihr Tempo auf dem Eis beschleunigen, weg von dem Schiff. Junge, deren Kopf und Nacken hinter dem Eisrand liegen, deren hinterer Körper aber noch getroffen werden kann. Junge, die bereits halbwegs im Wasser sind. Schüsse durchschlagen einen Seehundsleib und treffen das dahinterliegende Tier. (Das scheinen sie witzig zu finden. *Zwei für den Preis von einem,* hört sie unten rufen.)

Immobilisierungsschüsse, notiert sie.

»Näher ran, näher ran, näher ran«, ruft Erik. Er schießt immer weiter. Unmögliche Winkel. Rückwärts. Scharf nach Backbord. Junge Tiere hinterlassen hellrote Risse im Schnee und gleiten ins Meer.

Sie fragt sich:

Was macht Camilla jetzt? Arbeitet sie beim tierärztlichen Notdienst in Vik?

Was macht Linn? Haustierpraxis in Ekeberg.

Eivind? Ist bei einem großen Zuchtlachsbetrieb tätig (und schreibt nebenbei an einer Doktorarbeit).

Was macht sie? Warum ist sie hier?

Weil man manchmal Dinge tun muss, zu denen man keine Lust hat, weil es sein muss? Weil auch das eine Art und Weise ist, sich um die Tiere zu kümmern, Gutes zu tun?

Weil sie meint, es sei eine redliche Art und Weise, ihr Wissen zu nutzen? Sie betrachtet das hier nicht als Bußübung. Hätte es auch nicht so gesehen, wenn die Therapeutin es nicht zur Sprache gebracht hätte.

Kristoffer und einer der Neuen werden aufs Eis gesetzt. Sie haben Hakapiks und Gummiknüppel, mit denen sie sich lässig gegen die Handflächen schlagen. Eine Art Aufruhrpolizei in Ölzeug. Sie weiß, dass die Tiere mit den Gummiknüppeln bewusstlos geschlagen werden sollen, ehe die Hakapiks zur Anwendung kommen, aber vermutlich werden einige Schädel von diesen Schlägen zertrümmert werden. Und sie sind bereits mindestens einmal angeschossen worden.

Ihr schaudert angesichts von so viel Gewalttätigkeiten, die durchgeführt werden müssen, ehe eins dieser Tiere endlich für tot erklärt werden kann. Schüsse, Schläge mit dem Gummiknüppel. Hakapik. Der Bauch aufgeschlitzt, dann die Hauptschlagader. Erst wenn der Seehund ausgeblutet ist, gilt er als tot.

Sie arbeiten methodisch. Das macht ihr zu schaffen. Diese Seehunde hätten gar nicht auf der Eisscholle gefangen werden dürfen. Was dort geschieht, entspricht nicht den Vorschriften.

Die Hakapiks bleiben in den Schädeln stecken. Sie müssen aus dem Tier gezogen und geschüttelt werden. Das Schütteln pflanzt sich am Rückgrat des

Tieres entlang fort, dort, wo die Nervenfäden zum Kleinhirn führen.

Der Druck der scharfen Eisenzacke, die durch den Seehundsschädel dringt, presst das eine Auge aus der Augenhöhle. Sie sieht, wie das runde, glatte Organ heraushängt und schlackert, es hängt woran? An Sehnen? Adern? Sie weiß, dass es der Sehnerv ist, dass es ein wenig von allem ist, Sehnenhäute, Adernhäute. Aber es sieht aus wie ein Darmstumpf.

Er fiel so weich, als er fiel, auf ein Lager aus Fichtennadeln unter den Bäumen. Sie war an dem Tag bei ihm gewesen. Es war noch nicht so spät im Herbst, dass sie die Hütte für den Winter hätten schließen müssen, aber er hatte ein wenig Rattengift auslegen, ein Brett in der Verkleidung des Werkzeugschuppens austauschen, solche Dinge erledigen wollen. Es war ein warmer Septembertag. Die Amsel sang noch immer.

Sie waren zusammen auf dem Dach gewesen, um nachzusehen, ob es irgendwo abgedichtet werden müsste, und eine scharfe Ecke der Teerpappe hatte sich unter ihren Fingernagel gebohrt. Sie saugte das Blut in sich hinein. In der Fingerspitze pochte es.

Dann hatte er bei den Bäumen gestanden, dort, wo das Grundstück zu Schuppen und Klohäuschen hin abfiel. Sie hatte seinen Rücken gesehen, hatte ihren pochenden Finger angeschaut, und als sie wieder aufsah, war er umgesunken, als ob sein halber Körper nachgegeben hätte.

Während sie es mit Herzmassage versuchte, bohrte sich die scharfe Teerpappenecke immer tiefer unter ihren Nagel. Sie machte weiter, bis der Notarztwagen eingetroffen war.

Nicht alle Tiere werden auf dem Eis ausgeblutet. Kristoffer und der andere schnüren Riemen um die Hinterflossen der Jungen, dann werden sie jeweils zu dritt an Bord gehievt. Willy steht dabei an der Winsch.

Die Körper der Jungen, auf die sie geschossen haben, ohne sie zu erwischen, wogen um sie herum im Wasser auf und ab. Einige ganz dicht beim Rumpf der Kvalfjord. Sie sieht sie von der Tonne aus, ist aber offenbar die Einzige, für die das eine Rolle spielt. Die schweren leblosen Körper dümpeln sozusagen in der buntschimmernden Ölbrühe des Schiffes.

Sie sind leblos? Ja. Leblos. Das müssen sie sein. Sind sie denn nicht leblos?

Es kommt an einen Punkt, an dem sie nicht mehr warten kann. Sie bittet um eine Unterredung.

»Nach einem halben Tag«, sagt Arentz grinsend. »Ja, ja!«

»Erik schießt schon den ganzen Tag.«

»Ja, das tut er wohl.«

»Ohne Pausen.«

»Worauf willst du hinaus?«

»Kannst du ihn ablösen lassen? Entweder von Willy oder von Kristoffer?«

»Es dauert nicht mehr lange, dann hören wir auf.«

»Erik ist zu gierig.«

»Zu gierig?«

»Er denkt nicht an die Tiere, wenn er schießt«, sagt sie. »Er denkt nicht an das Leiden. Er schießt, um so viele Tiere wie möglich abzuknallen.«

Eine Pause, während Arentz zum Schießplatz hinüberschaut, wo es jetzt ruhig ist, und dann weiter zu einem größeren Eisbuckel, der im Laufe des

Nachmittags aufgetaucht ist, der sich ein paar Grade südlich von ihnen in der Dünung hebt und senkt.

»Du musst ihm sagen, dass er nicht abdrücken darf, wenn er nicht sicher ist«, sagt sie. »Er muss geduldiger sein. Warten, bis das Schiff näher an die Tiere herangekommen ist. Er darf nicht schießen, wenn er nicht Nacken oder Kopf im Visier hat. Und er darf nicht *nach hinten* schießen. Und wenn es keine Ablösung gibt, kann keiner von ihnen die Konzentration beibehalten. Oder die Präzision.«

Sie wollte ihre Kritik eigentlich abwägen, nicht mit allem auf einmal herausplatzen. Sie braucht ein Fundament, auf dem sie stehen kann, ehe sie die Zahlen vorlegt, aber die Flut aus Eindrücken, die sie jetzt über Arentz hinwegströmen lässt, kann ihr kein Fundament verschaffen. Das liegt vielleicht daran, dass er sie keines Blickes würdigt, während sie spricht. Dass sie auf seine Schulter einredet.

Noch immer, ohne sich zu ihr umzudrehen, sagt Arentz: »Das ist doch der erste Jagdtag. Er muss sich einschießen. Du musst doch verstehen, dass er schießgeil ist.«

»Schießgeil?«

»Ja. Schießgeil«, wiederholt Arentz, der sich jetzt umdreht und sie mit angespannter Miene anschaut. Zum ersten Mal sieht sie, dass eine blaue Flamme, die sie bisher nicht bemerkt hat, seine Augen aufleben lässt. »Sie waren während der ganzen Herfahrt eingesperrt. Wussten nicht wohin mit ihrer Unruhe. Jäger haben gewisse … *Bedürfnisse.*«

Er redet, als gehe es um ein Tier, das er in einen Käfig gesperrt hat. Absurd.

»Hier ist nicht die Rede von Blechbüchsen in einer Schießbude«, sagt sie. Dieser Vergleich fühlt sich in ihrem Mund auf irgendeine Weise altklug an. »Er darf nicht an Seehundsjungen *üben.* Oder sich *einschießen.* Er ist zu einer gewissen Rücksichtnahme verpflichtet. Er muss Methoden anwenden, die unnötiges Leiden verhindern.«

»Paragrafen«, sagt Arentz.

»Das ist auch deine Verantwortung. Du musst dafür sorgen, dass die Mannschaft sich an die Vorschriften für die Jagd hält.«

»Noch mehr Paragrafen. Du weißt, da draußen«, Arentz zeigt auf den Boden, »im Zielfernrohr, dort draußen auf dem wirklichen Eis, da gibt es ein Kreuz. Da gibt es keine Paragrafen.«

Nicht nur die Dünung ist schuld daran, dass unter ihr der Boden schwankt.

»Bisher sind etwas mehr als hundert Grönlandseehunde geschossen worden«, sagt sie. »Junge.

Vielleicht zehn Blaurücken. Und ein Viertel der Tiere ist weidwund …«

»Weidwund«, fragt Arentz, plötzlich neugierig.

»… Mindestens dreißig Junge sind von zwei bis vier Schüssen getroffen worden! Viele sind erst gestorben, als sie mit dem Hakapik erschlagen wurden. Und jetzt, wo Erik seit fast fünf Stunden schießt, schießt er jedes zweite Tier weidwund.«

»Weidwund?«

»Ja, weidwund«, antwortet sie, als ob ihr jetzt erst klargeworden sei, dass Arentz sich an diesem Wort festgebissen hat. »Mir ist schon klar, dass es mehrere Definitionen dafür gibt, was weidwund ist, aber …«

»Ja, die gibt es allerdings«, sagt Arentz schroff. »Welche Definition hältst du für richtig?«

»Die Definition, die die meisten Jäger verwenden«, antwortet sie. »Wenn ein Tier angeschossen ist, der Schuss aber kein lebenswichtiges Organ getroffen hat. Wenn er das Tier nicht tötet. Und der Verlust von Tieren? Den ganzen Tag werden sie um den Schiffsrumpf herum liegen gelassen. Beim Seehundsjagdkurs hieß es, man könne auf einen Fang von drei- bis viertausend Tieren mit einem Verlust von dreißig bis vierzig Tieren rechnen. Und wir haben jetzt schon … Also. Das hier muss aufhören!«

Arentz atmet einige Male tief durch. Er scheint etwas sagen zu wollen, öffnet dann aber die Tür auf der Steuerbordseite der Brücke, geht hinaus und beugt sich vor, um ins Wasser zu schauen. Dic Männer, die an Deck die Tiere abhäuten, halten inne und blicken verwundert zu ihm hoch.

»Ich sehe nichts«, sagt er und beugt sich noch immer über die Reling. »Du musst es mir zeigen.«

Im Wasser treiben keine Seehundsjungen mehr. Das ist kein Wunder. Die Tierkörper sinken. Das Schiff bewegt sich vorwärts. Und dennoch: Sie hat ein so starkes Bedürfnis danach, dass eines der verstümmelten Jungen dort unten zu ihnen aufschaut, dass sie sich nicht rechtzeitig auf die Logik konzentrieren kann. Die waren doch da!

»Ach ja, du. Das hier muss wirklich aufhören. Das steht fest.« Arentz schließt die Stahltür zur Brücke hinter ihnen. »Aber nicht wegen deiner Beobachtungen. Die sind der komplette Unsinn.«

»Unsinn?«

»Ja. Unsinn. Ich besitze dreißig Jahre Erfahrung mit dem Westeis. Du hast einen halben Tag Jagd beobachtet, und dann kommst du, und, und …« Sie weicht jetzt ein wenig zurück. Arentz bebt vor unterdrücktem Zorn. »Niemand bewertet die weidwund geschossenen Tiere in einer Jagdsituation auf diese

Weise. Und es war noch nie ein *Inspektor* an Bord, der das getan hätte. Wenn du einen Seehund schießt und ihn im Meer verlierst, dann hast du ihn weidwund geschossen! Das hier ist der erste Schießtag. Du hast erst die Zahl der weidwund geschossenen Tiere, wenn du nach Ende der Jagd die totale Anzahl der Tiere kennst.«

Arentz zeigt auf die Tür: »Und ich kann nicht dasselbe sehen, was du zu sehen behauptest.«

Sie weiß nicht, was sie antworten soll. Seine Stimme ist nicht wütend. Das wäre nicht das richtige Wort. Aber. Sie verspürt das Bedürfnis, zurückzuweichen.

»Hör mal, ich glaube, du löst kein Problem, wenn du unterschiedliche Auffassungen von Zahlen diskutierst. Erik war noch nie als Schütze dabei. Jedenfalls nicht als Erster Schütze. Wenn er seine Grenzen nicht kennt – oder nicht um eine Pause bittet, wenn seine Konzentration nachlässt –, dann musst du eingreifen. So viel Kooperation muss ich verlangen können.«

Er sieht sie an. Sein feuchter Blick haftet lange an ihr. »Und was meinst du, was *ich* tun soll, wenn *du* meinst, hier würde nicht vorschriftsmäßig geschossen? Verlangst du, dass ich das Schiff wenden lasse und zurückfahre, um mir eine neue Mannschaft zu suchen? Das würde bedeuten, dass uns der Fang entgeht. Dass die Reederei Konkurs geht. Das ist meine

Verantwortung der Reederei gegenüber, verstehst du. Und das ist eine Situation, zu der es nicht kommen darf. Wenn eine solche Situation sich auch nur anzudeuten scheint, müssen wir eine Lösung dafür finden.«

Er spielt auf das Funkgerät an. Vielleicht kommt es ihr so vor, weil seine linke Hand auf dem Apparat ruht. Diese letzte Mitteilung soll den Ausweg blockieren.

Arentz drückt die Türklinke ganz nach unten. Die Tür lässt ein zähes, metallisches Knacken hören, als sie aufgeschoben wird. Sie fühlt sich wie gelähmt. Sie bewegt den Arm, eine Geste, die ihm anbieten soll, vor ihr hinauszugehen, aber stattdessen packt er ihr Handgelenk und drückt zu, fest.

»Du gehst als Erste hinaus, kleines Fräulein«, sagt er. »Ich bin hier an Bord der Kapitän, und ich entscheide, wer von der Brücke geht.«

»Nicht Fräulein«, bringt sie heraus.

»Nicht? Du bist verheiratet? Dort an Land? Ist das so?«

»Nein«, sagt sie leise. »Das … das nicht. Nur: nein.«

»Na«, sagt Arentz ruhig. »Spielt hier draußen keine Rolle, was du zu sein oder nicht zu sein glaubst. Du gehst als Erste hinaus.«

Was ihr Körper ihr zu sagen versucht hatte, als sie in die Tonne gestiegen war: Hier bist du sicher.

»Haben Sie schon zu diesem Zeitpunkt gedacht, dass das die Grundlage für einen Abweichungsbericht sein könnte?«

»Übertretungsbericht.«

»Verzeihung?«

»Übertretungsbericht. Das heißt Übertretungsbericht.«

»Pardon. Übertretungsbericht. Haben Sie die Situation schon am ersten Jagdtag entsprechend bewertet?«

»Ja. Und das, was danach geschehen ist, hat mich in dieser Überzeugung noch bestärkt.«

Die Stimmung in der Messe ist gut. Auf dem Tisch steht ein Topf mit einem kräftigen Rindfleischeintopf. Sie füllt ihren Teller und sieht zu, wie die Brühe um Fleischwürfel und Möhren zur Ruhe kommt. Fettperlen an der Oberfläche. Die klirrende arktische Kälte. Der Dampf aus dem Topf und den Öfen, in denen immer eingeheizt ist, und von den Männerkörpern, die sich aus den Overalls geschält haben, alle Fenster beschlagen. Eine solche Hitze, wie man sie plötzlich an einem Wintertag in einem alten Bus spürt.

Die Häuter kommen herein und riechen nach der getanen Arbeit. Einmal war sie bei der Geburt eines Fohlens dabei. Das war der gleiche Geruch. Süßes Blut. Schleim und Eingeweide. Ihr machte das nichts aus. Sie roch selbst auch schon sehr stark, nach kaltem Schweiß, der in ihrer wollenen Unterwäsche erstarrt war.

»Fast schon krankhaft, wie leicht das spitze Ende reinrutscht, wenn du zuerst den Schädel zertrümmerst«, sagt Kristoffer.

Arentz sitzt am Tischende. Er schaut sie kurz an und hebt den Löffel zum Mund, ohne darauf zu blasen.

Sie bittet nach kurzer Zeit um Entschuldigung und geht zurück in ihre Kajüte.

Grobes Lachen und Stimmengewirr aus der Messe dringen in Wogen zu ihr, wenn jemand die Tür öffnet, um zur Toilette zu gehen, oder wenn jemand eine Anekdote erzählt oder sich aufspielt. Eine andere Art Aggressivität. Die wäre nach dem ersten Jagdtag natürlich.

Gegen drei Uhr glaubt sie aufzuwachen, und offenbar sind die anderen noch immer nicht fertig, denn sie hört weiterhin das gleiche Stimmengewirr, jetzt gedämpft, aber zugleich auch beharrlicher, nicht ganz aus der Richtung, in der sie die Messe vermutet, und unklarer, als ob sie unter Wasser mit ihr redeten.

Sie entdeckt die große Pisselache, sowie sie die Tür aufmacht, um zum Frühstück zu gehen. Sie wäre fast hineingetreten. In dem rissigen Furnier sieht sie auch Flecken an der Tür, und die langen Bahnen zum Boden hin. Es riecht nach Leber und Eiweiß. Unmöglich wegzuwischen. Unmöglich liegenzulassen.

Tabak vom Vortag und Kippen in Wassergläsern sättigen die Luft in der Messe. Sie sagen nicht guten Morgen. Keiner von ihnen. Sie sieht den Hinterkopf von Arentz durch das Guckloch zwischen Messe und Brücke.

»Erik weiß, dass du dich über sein Schießen beschwert hast«, flüstert Kristoffer ihr im Hinausgehen zu. »Ich an deiner Stelle würde mich ein bisschen vorsehen.«

Sich ein bisschen vorsehen?

Er beißt sich in die Lippe, nachdenklich, als wäre ihm plötzlich etwas eingefallen, und dann ringt er sich ein angespanntes Lächeln ab: »Damit dir nicht nachgesagt werden kann, dass du die Feierstimmung ruinierst.«

»Gibt es hier jetzt Schnaps an Bord?«, fragt sie.

»Ja«, antwortet Kristoffer. »Der Russe hat den von der Aurora mitgebracht.«

Sie würde viel darum geben, sich vertraulich mit der Behörde beraten zu können, und sei es per E-Mail an Håvard. Sie spürt, dass der vergangene Tag das neue Bedürfnis in ihr geweckt hat, sich zurückziehen zu können, etwas in der Hinterhand zu haben.

Sie hatte nicht damit gerechnet, dass es gefährlich werden könnte, nachdem der Telefonmast gebrochen war. Sie hatte die an Land nicht einmal per Funk über die neue Stille informiert. In dem Moment wäre es in Ordnung gewesen. Natürlich. Es würde verdächtig wirken, das jetzt plötzlich zu tun, über einen offenen Kanal. Sie traut sich nicht.

Der Russe ist krank. Einer der anderen von der Aurora ausgeliehenen Männer ebenfalls. Die Eisschollen vor dem Bug haben sich zusammengeschlossen, sind gefroren zu einer endlosen Wüste aus hellblauem Eis. Im Westen öffnen sich breite Rinnen, als gäbe es hier draußen Flüsse und Deltas, als sei das eine normale Landschaft, nur eben ohne Farben. Leichte Wolken hängen hier und da über der Kvalfjord, sammeln sich aber am Horizont.

Es wimmelt nur so von jungen weißen und älteren braunen Sattelrobben. Dicht an dicht.

Willy muss allein abhäuten. Sie beschließt, an Deck zu bleiben. Sie muss dicht genug an die Tiere herankommen, um berichten zu können.

Nichts ist organisiert. Hier herrscht das Chaos, aufgepeitscht bis zum Siedepunkt durch den Tod, mit dem sie sich umgeben. Sie kann keinen Überblick über das Schießen auf dem Eis behalten, aber bei den Tieren, die an Bord gehievt werden, sieht sie, dass mehrere von zwei oder drei Schüssen getroffen worden sind. Sie sieht auch Junge, die überhaupt nicht getroffen worden sind, sondern die einfach mit dem Hakapik totgeprügelt wurden.

Die wenigsten sind ausgeblutet. Mehrere sind nicht einmal richtig aufgeschlitzt worden. Willy zerlegt schnell und gewissenhaft, aber er ist allein.

Sie bietet ihre Hilfe an. Sie hätte das hier ganz anders organisiert, aber an der Krankheit können sie nichts ändern. Es ist auch ein Versuch der Annäherung. Ein Versöhnungsangebot. Willy reicht ihr ein krummes Messer und eine folierte Tischplatte, die sie gegen ihre Oberschenkel lehnen kann. Er spannt eine abgezogene Haut über die Platte, mit dem Fell nach innen. Die frische Haut dampft. Ihr Kreuz ist schon erstarrt, als sie noch kaum angefangen hat.

Es herrschen Minusgrade, aber die zähe Plackerei lässt sie schwitzen. Sie arbeitet mit nackten Armen und mit dicken Handschuhen. Willy packt die besten Stücke des Tieres in luftdichte Plastikfolie, die sie auf großen Industrierollen mitgenommen haben.

»Das Fleisch verträgt kein Licht«, sagt er. »Oder Luft und Wärme. Wird schlecht davon.«

Er sagt es, während er das Tier zu Filets zerteilt, während er vakuumverpackte Steaks in den Kühlraum hinunterwirft.

Sie versucht, methodisch zu arbeiten, aber es ist nicht leicht zu erkennen, wo der Speck aufhört und die Haut beginnt. Weil es keine deutlich erkennbaren Übergänge gibt, schneidet sie wieder und wieder dünne Speckstreifen von derselben Stelle ab. Die Arbeit kommt erst voran, als sie plötzlich einen tiefen Riss in die Haut schneidet.

Willy sieht sich das Loch an, wirft einen Blick zur Brücke hinüber, wo niemand ist, und dann salzt er einfach weiter.

Es geht nicht schnell genug, und er nimmt ihr das Messer weg, schneidet resolut die Speckklumpen ab, entfernt Fleisch, Blut und Fasern. Er sagt nicht, warum er das macht, oder wie, damit sie den Fehler beim nächsten Tier vermeiden kann, aber diese Art der Belehrung ist sie gewohnt, und deshalb nimmt sie es sich nicht zu Herzen.

Doch dasselbe wiederholt sich beim nächsten Tier.

Sie tauschen die Arbeitsaufgaben. Willy schneidet unbekümmert den Speck ab, während sie nicht einmal wagt, die Handschuhe auszuziehen, wenn sie mit der Plastikfolie hantiert. Die verklebt sich zu feuchten Klumpen, wird von dem ganzen Blut vollgeschmiert und legt sich um ihre Oberarme.

Während sie mit den Foliestreifen in der Hand dasteht, versucht sie Augenkontakt zu denen aufzunehmen, die in der Nähe stehen oder vorbeigehen. Die Blicke weichen aus, oder sie sind leer, manchmal auch absichtlich verdreht.

Sie verspürt wieder dieses Gefühl wie an dem Vormittag, als sie auf der Laufplanke stehengeblieben ist. Zu eifrig. Zu bemüht.

Die Kadaver bleiben hinter ihnen auf einem Haufen liegen. Erst zwanzig. Dann fünfundzwanzig. Es werden immer mehr. Ein Wall aus Kadavern und Eingeweiden. Sie stapft durch ein hellrotes Sorbet aus matschigem halbgefrorenen Salzwasser und Blut der Seehundsjungen.

Nicht sie ist hier verantwortlich. Erst als sie Arentz um eine erneute Unterredung bittet, zieht er einen der Männer vom Eis ab und trägt ihm auf, beim

Zerteilen und beim Entfernen der Eingeweide mitzuhelfen. Sie sieht, dass die Mannschaft einander fragende Blicke zuwirft. Sie kann Arentz nicht sehen, er steht in einem toten Winkel.

Von Anfang an hat die Gier zwei Männer aufs Eis geführt, denkt sie. *Jagdeifer* nennt sie das in ihrem Bericht.

Nach dem Abflensen muss sie duschen. Die Reste von tierischem Fett und Blut liegen wie eine dünne Schicht auf ihrem Gesicht, und wenn sie sich über die Stirn reibt, ist es so, als berühre sie Wachs. Sie hat bleiche Speckklumpen unter den Nägeln, und die will sie auf alle Fälle loswerden.

Erst als sie die Tür des Waschraums hinter sich schließt und alles um sie herum plötzlich schwarz wird, bemerkt sie, dass jemand die Glühbirne an der Decke herausgeschraubt hat. Sie macht den winzigen Türhaken fest, legt die Kleider oben auf den Heizkessel, das Risiko muss sie eingehen.

Der Dampf füllt den Raum genauso aus wie die Dunkelheit. Sie schrubbt sich ab, so gut es eben geht, ohne etwas zu sehen. Der Duschvorhang umarmt ihren Körper. Er lässt nicht locker. Umschließt sie mit seiner feuchten Fläche, wieder und wieder.

Sie tastet nach ihren Sachen und stellt fest, dass die Unterwäsche auf den Boden gefallen ist. Ihre Unterhose ist vom Badewasser durchnässt, so fest es geht, wringt sie sie aus, erträgt die Vorstellung nicht, auf den Gang zu treten, ohne sie anzuhaben, auch wenn sie ein Handtuch um sich wickelt, auch wenn sie die Jogginghose anhat.

Als sie die Tür zum Gang öffnet und das Sonnenlicht in dicken Säulen durch die Fenster in den Waschraum dringt, entdeckt sie, dass die Glühbirne immer noch an der Decke hängt, dass sie ganz einfach nicht mehr funktioniert. Dasselbe gilt für die Deckenlichter im Gang. Der Strom muss auf der gesamten Kvalfjord ausgefallen sein.

Sie eilt zurück zu ihrer Kajüte. Die ganze Hitze, die der Körper gespeichert hat, verschwindet aus ihr. Die nasse Unterhose macht ihre Schenkel feucht und kalt.

Ihre Hände riechen immer noch streng, obwohl die Nägel sauber sind, und sie sieht, dass die Arbeit mit dem scharfen Messer Spuren hinterlassen hat. Die frischen, flachen Schnitte an den Unterarmen wirken ungewohnt. Sie will nicht, dass man die Verletzungen sieht. Sie zieht die Pulloverärmel herunter, wie irgendein Schulmädchen.

Als das Licht wieder anspringt später am Abend, geschieht das mit einem dumpfen, eisernen Klang. Jedenfalls bildet sie sich ein, dass das Geschehnis von diesem Geräusch begleitet wird.

Es war nicht ihre Verantwortung, aber so sehen es die anderen nicht. Die Arbeit, die sie beigesteuert hat, hat keinen Wert für sie. Auch wird immer deutlicher, dass sie keine Veranlassung sehen, sie wieder in ihre Gemeinschaft aufzunehmen.

Als sie am Tag danach an Deck kommt, hat jemand ein grünes Nylontau von Reling zu Reling gespannt und daran ein Pappschild befestigt.

Achtung! Fotzenfreie Zone! Nur aut. Pers. zugelassen!

Sie kann nicht umhin, die Blicke zu bemerken, versteht aber nicht die Scham, die in ihr aufsteigt. Das Schild bleibt bis zum Mittagessen hängen. Sie schlüpft unter dem Tau hindurch, wenn sie vorbei muss. Es geht auch ums Prinzip, darum, nicht auszuweichen, den Blicken standzuhalten, aber dennoch ist es so, als habe das Wort, *dieses Wort*, da es ausgesprochen wurde, eine Wirkung auf die Männer um sie herum. Sie hält das nicht für Einbildung.

Als das Schild nach dem Mittagessen immer noch da ist, spricht sie Arentz darauf an.

»*Das* steht da?«, sagt er milde. »Ja, ja. Kristoffer ist noch ziemlich unreif. Ich hab ihnen gesagt, dass sie *inspektorenfreie* Zone schreiben könnten.«

Es gibt Tage, an denen die Seehunde verschwunden zu sein scheinen, an denen sie am Rande der Eisdecke bloß den einen oder anderen mikroskopisch kleinen Punkt sehen, der, alarmiert vom Motorengeräusch, unter die dunkle Wasseroberfläche gleitet. Die Männer schlagen Eisblumen von den Schotten und gießen heißes Wasser auf das Deck, um die Eisbuckel aufzuweichen. Zwischen ihnen und ihr gibt es jetzt etwas wie einen Pulsschlag.

Nachdem Arentz den Samen gepflanzt hat, muss er selbst nicht mehr viel tun, was dazu führt, dass seine Haltung ihr gegenüber deutlich sanfter wird. Geduldig hört er ihre Einwände an. Von seinem Stuhl auf der Brücke aus gestattet er sich eine Offenheit, die sie zunächst verwirrt, und drückt sogar Verständnis für ihre Ansichten aus.

»Doch, ja. Der Fang der alten Weibchen macht mir ein bisschen Sorge«, sagt er. »Eigentlich schon seit der Abreise. Wir sind an Bord nicht so viele. Und außerdem hab ich dieses Jahr keinen von den erfahrenen Schützen dabei. Erik. Kristoffer. Die sind vielleicht gut genug für die Blaurücken und die Jungtiere. Aber für alte Weibchen?

Sie nickt, als er das sagt. Die Kaffeemaschine steht auf einer dünnen Furnierplatte, nicht direkt auf der Arbeitsplatte. Sie blubbert vor sich hin, ein Geräusch, das die Gedanken vorwärts und rückwärts in die Zeit schicken kann.

»Dass Sicherungen rausknallen?« Er nickt ihr zu. »Das passiert, wenn die Luken zum Kühlraum einen ganzen Tag lang auf- und zugemacht werden.«

»Die Halbautomatischen, ja«, sagt er. »Ich frage mich, ob man bei denen nicht etwas zu leicht abdrücken kann. Ein Gewehr muss ja neu geladen werden, was dem Schützen die Zeit gibt, zwischen den einzelnen Schüssen nachzudenken. Ich würd jetzt auch nicht sagen, dass es Kristoffer und Erik unbedingt schaden würde nachzudenken!«

Aber an Deck vermischt das Geflüster sich rasend schnell mit den Blicken, die die anderen wechseln.

Sie ist seine Gefangene. Das merkt sie.

Nach und nach grenzt sie ihren Radius ein. Sie frühstückt nicht mehr gemeinsam mit den anderen (wenn sie überhaupt etwas isst). Wenn die Jagd beginnt, geht sie direkt zum Vormast und klettert schnell zur Tonne hinauf. Von dort geht sie direkt zu ihrer Kajüte zurück.

Sie machen es sich zur Gewohnheit, mit schweren Sohlen gegen ihre Kajütentür zu treten, wenn sie vorbeikommen. Alle zusammen tun das.

Und nachts fängt das Gehämmer an. Entweder wechseln sie sich dabei ab, einschmeichelnd an das Furnier zu klopfen – das passiert von dem Moment an, in dem sie sich hinlegt, bis in die frühen Morgenstunden –, oder einer von ihnen stellt in seinem Wahnsinn den Wecker und kommt, um sie zu erschrecken.

Sofern sie überhaupt schläft, ist es ein leichter Schlaf, und jedes Klopfen wirft sie zurück in eine Art unbehagliche Wachsamkeit, die sich wie ein Dahindösen anfühlt.

Allerdings fragt sie sich, ob das tatsächliche Klopfen irgendwann aufhört und das, was sie dann im Laufe der Nacht immer noch hört, Phantomgeräusche sind: ein Echo der frühesten Abendrunden.

Sie achtet auf die neuen Signale ihres Körpers. Plötzlich kann das Herz einen unverhofften Sprung tun. Mitunter ist es so, als zuckten die Muskeln vor lauter elektrischer Spannung, und sie tritt aus ins Nichts, wirft spastisch die Arme in die Luft, um sich von aufgestauter Verzweiflung und Wut zu befreien. Manchmal schlägt sie auf den kleinen Tisch. Schlägt auf die Schotten. Sie kann zusammenzucken und hören, dass die Sätze, die nur Gedanken waren, trotzdem aus ihrem Mund kommen, und sie ist allein.

Als sie mit dem Duschen aufhörte, hatte sie eine zusätzliche Sicherheit darin verspürt, immerhin die Kajütentür von innen verschließen zu können, im Gegensatz zu der im Waschraum. Doch jetzt denkt sie nur noch, dass es irgendwo auf diesem Schiff auch einen Schlüssel zu *dieser* Tür gibt.

Sie sitzt in der Tonne. Nicht eine Wolke, kein Windstoß. Eine Märchenlandschaft, in mineralhartem Sonnenschein gebadet. Ohne feste Anhaltspunkte ist man am Ende verloren. Starrt man lange genug, sieht man zunächst gar nichts und dann überall etwas. Ihr wird klar, dass Land ein solcher Anhaltspunkt ist, das Treibeis aber wohl nicht, und auch wenn die Umgebung unveränderlich ist, lässt sich nicht vermeiden, dass einen die Eintönigkeit daran zweifeln lässt, ob das, was man sieht, wirklich da *ist.*

Sie macht sich Sorgen um ihre Aufmerksamkeit. Und sie vermisst das Land.

Unten auf dem Boden sieht sie, dass Erik auch dann schießt, wenn Männer sich auf dem Eis befinden. Drei riesige weibliche Tiere liegen auf einer Eisscholle dicht neben der Fläche, wo Kristoffer und der Russe arbeiten, es sind Tiere, die viel zu riesig sind, um allein mit dem Hakapik erlegt zu werden. Erik scheint nicht zu bemerken, dass die Männer dort sind. Er feuert auf die Tiere. Sie liegen nur wenige Meter von Kristoffer entfernt. Aber so ist das wohl mit dem Tunnelblick: Im Zielfernrohr wird ein Meter zu zehn Kilometern.

Sie müsste jetzt rufen. Johlen und sich in der Tonne bemerkbar machen. Bis jetzt hat nur sie gesehen, dass Kristoffer in Lebensgefahr ist.

Stattdessen schließt sie die Augen und denkt: *Ich hoffe, du bringst ihn um. Ich hoffe, du knallst ihn ab und er stirbt dort direkt vor deinen Augen. Dann hätten wir keine andere Wahl, als umzukehren. Die Jagd abzubrechen.*

Am liebsten hätte sie es, wenn die Rollen vertauscht wären. Wenn Kristoffer auf Erik schösse. Aber die Situation lässt derartigen Luxus nicht zu. Sie muss nehmen, was sie kriegen kann.

Sie wird von lauten Rufen unten auf dem Eis aus ihren verdorbenen Gedanken gerissen. Kristoffer zeigt auf sein Bein. Er hat die steifen Arbeitshandschuhe ausgezogen. Mit Daumen und Zeigefinger gibt er Erik ein Zeichen. Zehn Zentimeter, sagen seine Finger, aber der Abstand zum Einschlagpunkt beträgt in Wirklichkeit mehrere Meter. Er will nur zeigen, dass Erik zu nah dran ist, und Erik hält demonstrativ einen Arm in die Luft: *Okay. Ich seh dich jetzt.* Er lässt das Gewehr in der anderen Hand ruhen. Kristoffer sieht wütend aus. Richtig wütend.

Während die beiden Männer auf der Eisfläche sich weiter zurückziehen, nimmt Erik das letzte Weibchen ins Visier. Sie weiß, dass es getroffen ist. Sie sieht den Mantel aus Blut, aber das Tier ist nicht tot.

Es schleppt sich mit kurzen, zielstrebigen Bewegungen auf die Eiskante zu.

Kristoffer und Erik streiten sich auf dem Schießplatz. Kristoffer steht hinter Erik und brüllt ihn an, doch Erik blickt nicht auf, er nimmt sein Ziel ins Visier. Er hat geschossen, während die beiden Männer sich die Leiter hinaufkämpften, drei, vier, fünf Schüsse auf das verletzte Tier, das mit müden Bewegungen weiter auf die Eiskante zustrebt.

Sie hört die Streiterei bis oben in die Tonne. Kristoffer weigert sich, wieder hinunter aufs Eis zu gehen. Erik will das Gewehr nicht aus der Hand geben. Allerdings schafft er es auch nicht, das Leben des riesigen Seehunds auf würdige Weise zu beenden. Beim siebten Schuss gleitet das Tier endlich ins Wasser, doch Erik scheint sein Urteilsvermögen völlig verloren zu haben, und im Blutrausch feuert er weiter auf das im Wasser liegende Weibchen. Schießt blind drauflos. Noch drei Schüsse.

Wie in einem Akt der Barmherzigkeit schluckt das Meer endlich den Körper – tot oder nicht tot –, und dann ist Arentz vorn am Bug aufgetaucht.

Sie nimmt den Bleistift aus dem Mund und notiert das letzte Ereignis samt der Paragrafen, gegen die sie verstoßen haben. Noch weiß sie nicht, dass der Inhalt der Diskussionen, die dort unten an Deck geführt werden, jeder gesetzlichen Grundlage entbehrt. Sie bemerkt, dass das Bleistiftende feucht ist und dass sie winzige Sägespäne auf der Zunge hat. Hart zugebissen.

Sie hat gezählt und aufgezeichnet, und sie weiß, das spielt keine Rolle mehr. Sie haben eine Zahl erreicht, die das Abziehen am Ende des Fangs überflüssig macht. Darüber ist ja wohl keine Diskussion möglich.

Mit einem wütenden Ausruf wirft Erik das Gewehr weg. Die anderen weichen erschrocken zurück, tadeln ihn aber nicht. Stattdessen legt Arentz ihm einen Arm um die Schulter. Flüstert ihm etwas zu. Sie sieht, dass Erik zum Himmel aufblickt. Er streckt die Nackenmuskeln. Sie erschaudert, als sie an die winzigen Knirschgeräusche von den beweglichen Knochen am Ende seiner Wirbelsäule denkt.

Willy beugt sich hinunter und hebt das Gewehr auf. Er legt an, eher probeweise. Es sind keine Tiere auf dem Eis. Sie müssen weiter. Kristoffer macht deutlich, dass er heute nicht mehr aufs Eis hinuntergehen wird. Sie hört Arentz sagen, dass sie sich stattdessen schon mal darauf vorbereiten sollen, die Tiere mit Haken an Bord zu ziehen, falls sie auf eine geeignete Kolonie stoßen. Und das werden sie, fügt er hinzu. Sie haben das von der Aurora gehört, die eine halbe Tagesreise nordöstlich ist, näher am grönländischen Festland.

Der knisternd stille Tag trägt jedes Wort zu ihr hinauf.

Sie jagen wieder Jungtiere. Willy nimmt wohlüberlegte und nüchterne Einschätzungen vor. Er zielt genau. Er drückt zum richtigen Zeitpunkt ab. Schafft es, so lange abzuwarten, bis er sicher ist. Schafft es, den Schuss zu unterlassen, wenn er im Zweifel ist. Es ist fast halb zehn am Abend, und sie spürt, dass ihre Wangen im Laufe des Tages einen ordentlichen Sonnenbrand abbekommen haben. Die Kälte täuscht sie und ebenso, dass die Sonne niemals im Meer versinkt. Es gibt immer noch keine Probleme mit dem Schießen, das rein und klinisch verläuft.

Aber dafür gibt es woanders Probleme.

Durch das Fernglas stellt sie fest, dass die Jungtiere in Kopf und Nacken getroffen werden. Sofern zusätzliche Schüsse abgegeben werden, treffen sie nahe der lebenswichtigen Organe. Die Jungtiere bleiben reglos liegen, aber aus dieser Entfernung kann sie nicht sicher sein, ob sie tot sind. Und sie muss *sicher* sein, denn jetzt setzen sie bald die Haken ein.

Am Ende der Teleskopstange sitzt ein messerscharfer Haken, den sie über das Eis ziehen, auf die Jungtiere zu, den sie in die Jungtiere hineinrammen, in den Hals, in die Seite, es ist ein schabendes Geräusch, der Haken zerrt die Körper mit sich über das unebene Eis, bevor sie mit enormer Kraft in die Höhe und an Bord gezogen werden. Während die Männer um die Stangen härter zupacken, hängen die Tiere wie schwere Buketts vor dem Schiffsrumpf.

Für einen kurzen Augenblick nimmt sie die Sonnenbrille ab. Eine Impulshandlung. Ihr Gehirn täuscht ihr vor, dass sie nichts zwischen sich und der Welt haben darf, um das ganze Ausmaß der Details in sich aufnehmen zu können. Das Eis blendet sie. Ebenso gut könnte sie direkt in die Sonne blicken. Schwarze Flecken tanzen über die Netzhaut, genauso wie bei Menschen, die, so bildet sie sich ein, kurz davor sind, einen Anfall zu bekommen.

Sie sind nicht tot. Sie rühren sich. Ein Zittern, bei dem es sich nicht um Spasmen handeln kann, durchströmt die Flossen der kleinen Tiere. Bei einem glaubt sie den Willen zu erkennen, vor dem Haken davonzukriechen, bevor er sich in seinen Schädel bohrt, gleich oberhalb des Kiefers. Die

Linse des Fernglases stellt eine Art Kontakt mit zwei dunkelbraunen Augen her, in denen das Leben noch nicht erloschen ist.

Sie wiederholt es für sich selbst: Sie sind nicht tot, und sie versucht, ihre Wahrnehmung anhand des Regelwerks zu überprüfen. Spielt das eine Rolle? Sie sind sowieso nicht ausgeblutet. Liegt die Definition etwa nicht in ihrer Verantwortung?

Spielt das überhaupt noch eine Rolle?

Die schwarzen Flecken? Vor den Augen. Kann sie mit Sicherheit sagen, dass die nicht schon da waren, ehe sie die Sonnenbrille abgenommen hat?

Sie bittet um ein Gespräch.

»Erik wird dabei sein«, antwortet Arentz erschöpft. »Er verlangt es. Er sagt, er akzeptiert es nicht, dass du hier rumläufst und Scheiße über ihn erzählst.«

Als sie in die Messe kommt, sitzt Erik am Tisch mit der auseinandergenommenen Kalaschnikow vor sich. Da liegen auch Geräte für Pflege und Reinigung der Waffe: eine schmale und dünne Bürste mit dichten Borsten und Stahlgriff, eine Zange, verschiedene Stäbe mit Rillen und Löchern.

Er sieht nicht zu ihr auf und sagt: »Was gibt's denn jetzt? Mehr Beschwerden? Mehr Gelaber von wegen weidwund schießen?«

»Die Zahlen der letzten drei Tage«, sagt sie. »Wir müssen über die Zahlen reden. Und über die Arbeit mit den Haken.«

Sie blickt auf die Automatikwaffe, die in Eriks geschickten Händen wieder sich selbst zu ähneln beginnt, und hört wie eine Art leise Geräuschkulisse die Worte der beiden. Die Waffe – hier drinnen – verursacht einen widerlichen Geschmack an ihrem Gaumen. Irgendetwas versucht, sich durch ihre Speiseröhre nach oben zu drücken.

»Die Zahlen sind immer noch Unsinn, aus dem Zusammenhang gerissen, wie oft wollen wir diese Unterhaltung, verdammt noch mal, noch führen, wenn einige Tiere weidwund geschossen sind, werden die von der Gesamtmenge der Tiere abgezogen, falls deine Zahlen überhaupt realistisch sind …«

»Nein«, unterbricht sie ihn. »Die Zahlen der letzten drei Tage. Nur die. Ihr habt 32 Tiere weidwund geschossen und verloren. Zweiunddreißig. Das ist die Menge, die man in einer ganzen Fangsaison erwarten könnte. In drei Tagen. Ich hab die Zahlen hier aufgeschrieben. In meinem Buch.«

Sie hält ihnen das Notizbuch hin, doch das hat nur eine schwache Wirkung, verglichen mit der Kalaschnikow, an die jetzt mit einem scharfen Geräusch die Endstücke geknallt werden. *Du hast gesagt,* würde sie gern zu Arentz sagen, aber sie hat Angst, dass sie dann zu heulen anfängt. Es ist grotesk, wie sich ihre Aufmerksamkeit so völlig auf dieses tödliche Ding konzentriert.

Aus allen Winkeln des Raums: »Draußen scheint die Sonne sehr hell, wir können das Schiff nicht jedesmal wenden, wenn dir irgendein verdammtes Jungtier leid tut, hörst du, wie sie mich anklagt, Peder Anker, nur mich, Beschwerden, Beschwerden, Beschwerden, das ist das erste Mal, dass jemand meine Schießkünste kritisiert, verfluchte Scheiße, Peder Anker, willst du einfach bloß dasitzen und dir anhören, was ich hier ertragen muss, sie droht uns sogar mit Geldbußen, das macht sie, sie will, dass wir unsere Fahrt mit *Verlust* beenden, du weißt es doch selbst genau, Peder, diese Inspektoren haben 'ne viel zu schlechte Ausbildung, du hast unangemessen hohe Anforderungen ans Schießen, was glaubst du eigentlich, welche Erfahrung hier draußen zählt, und dann meinen sie, sie könnten einfach herkommen und über uns herziehen, UNS JEDEN MIST DIREKT INS GESICHT SAGEN, das ist das Problem mit euch Inspektoren, ihr werdet alle von euren Vorgängern angelernt, mit, mit, mit Vorurteilen und Meinungen über längst vergessene Probleme, wieso soll's wieder nur um die Kvalfjord allein gehen, du musst die Zahlen von den anderen Booten kennen, bevor du was über den Prozentanteil weidwund geschossener Tiere sagen kannst, ich werde verdammt noch mal nicht zulassen, was sie mir hier antut, Peder Anker, dass lass ich einfach nicht zu, ha, ha, ha, das ist das Dümmste, was ich je gehört habe, was will sie denn machen, mir auch noch Besuchsverbot bei den Seehunden erteilen …«

Auch noch?

»Das mit den Haken«, sagt sie und räuspert sich. Sie muss jetzt hier den Kurs ändern. Sie hat das Gefühl, dass dieses gehässige Hin und Her zwischen Kapitän und Erstem Schützen völlig außer Kontrolle gerät. Sie merkt, dass sie ihr Zusammenzucken kaum verbergen kann, jedesmal, wenn einer von beiden mit der Handfläche auf den Tisch schlägt (oder schlimmer: wenn der Schaft der Kalaschnikow auf den Tisch geknallt wird). »Ihr könnt nicht … ähm …«

»Können nicht?« Arentz zieht eine Augenbraue hoch. Sie wägt die Situation ab. Nicht Arentz wird ihr hier gefährlich. Nein. Tatsächlich sitzt er ganz ruhig in seinem Ledersessel. Es fällt ihr nicht leicht, die Eindrücke voneinander zu trennen.

»Ihr könnt nicht mit den Haken arbeiten, solange das Eis die Männer trägt. Solange es sicher genug ist, um von oben draufzuspringen.«

»Du«, sagt Arentz und richtet einen ausgestreckten Finger auf sie. Seine andere Hand ist leer, trotzdem scheint es so, als ob er auch darin etwas zusammendrückt.

»Oder lebende Junge mit den Haken bearbeiten«, sagt sie schnell. »Für den Einsatz der Haken gibt es ganz klare Vorschriften. Ihr verstoßt gegen beide. Ich hätte Lust …«

»Nein, VERFLUCHT NOCH MAL«, brüllt Arentz. Jetzt schlägt auch er. Der harte Schlag wird absorbiert und verschwindet in der Polsterung seines Ledersessels, aber er springt auf, kommt auf die Beine, verharrt mit dem Rücken zu ihr und Erik, steht da und späht aufs Eis.

»Weißt du, wozu *ich* Lust hätte«, sagt Erik, genauso kalt und berechnend wie die Automatikwaffe, die er jetzt mit beiden Händen hält und auf sie richtet. »Ich hätte Lust, dir dieses Teil hier so tief wie möglich reinzuschieben.«

»Was ich sagen wollte … Ich hätte Lust … auch den Rest der Mannschaft zusammenzurufen«, flüstert sie. »Hierher. In die Messe. Um zu sehen, ob es irgendeine Möglichkeit gibt, wie wir den Rest der Fahrt besser zusammenarbeiten können.«

Arentz geht auf ihren Vorschlag ein. Der Rest der Mannschaft versammelt sich in der Messe. Der Russe scheint nicht ganz zu begreifen, worum es geht, aber egal, was das seiner Ansicht nach auch sein könnte, es amüsiert ihn. Er sitzt da und macht Wichsbewegungen zu einem der anderen Jungs hin, die von der Aurora herübergekommen sind.

Alles ist plötzlich ganz deutlich.

Aber da ist die Streiterei im Hintergrund. Dass Kristoffer sich Anordnungen widersetzt hat. Die Art, wie Willy die Waffe angehoben hat. Sie ist geradezu gezwungen zu glauben, dass hier etwas nicht in Ordnung ist.

»Hört mal her«, sagt Arentz. Er muss die Stellung seiner Füße ein wenig verändern, weil die Nachmittagswogen das Schiff in den Griff genommen haben, aber ansonsten ist er ruhig. »Unsere Inspektorin hier. Mari. Mari hat ein paar Verbesserungsvorschläge. Was den Fang anbelangt. Sie findet, wir schießen nicht gut genug. Dass zu viele Tiere verletzt werden. Ja, und weil sie diese Fangtour abbrechen kann, finde ich, dass wir uns anhören sollten, was sie zu sagen hat.«

Das wird sie aber nicht über Funk machen, hört sie einen von ihnen flüstern.

»Ich würde eigentlich gern erstmal wissen, ob einer von euch Verbesserungsvorschläge hat«, beginnt sie. Keiner hat welche. »Nein. Ich habe an ein paar Dinge gedacht, die hilfreich für die Kommunikation wären und das Risiko vermindern, dass Tiere an ihren Verletzungen unnötig leiden.«

Wie geschäftsmäßig sich das anhört. Wie steif.

»Ich finde, es müsste eine bessere Verständigung zwischen Tonne und Vorderdeck geben. Entweder sitze ich da oben oder einer von euch. Es wurde deutlich gesagt, dass ihr mit dem Schießen aufhören sollt, aber das wurde ignoriert.«

Sie bemerkt, dass jetzt alle Erik ansehen. Er hatte die Kalaschnikow zurück in die Waffenkiste gelegt, bevor die anderen hereinkamen.

»Außerdem bin ich der Ansicht, dass Willy öfter mal aussetzen sollte. Willy ist ein erfahrener Jäger und hat immer sehr gut geschossen, wenn er die Möglichkeit dazu hatte. Es ist nämlich wichtig, dass der Erste Schütze im Laufe des Tages mehrere Pausen macht, um weiterhin konzentriert und präzise zu arbeiten.«

Erik springt auf. Er wuchtet seinen großen Körper vom Stuhl hoch. Seine Stimme ist laut. Scharf. Kommt stoßweise.

»Setz dich, Erik«, unterbricht Willy ihn. Ein Lichtstreif. Genau das, worauf sie gehofft hat! »Lasst uns hören, was die Hure zu sagen hat, dann können wir endlich wieder an die Arbeit gehen.«

»Mehr Ruhe auf dem Vorderdeck«, fährt sie stammelnd fort. »Konflikte. Wütende Diskussionen an Deck stören den Schützen. Respekt für die Beobachtungen der Inspektorin bezüglich der verletzten Tiere und ein vernünftiges Interesse daran, diese Tiere zu finden und ihnen zu helfen.«

Diese Besprechung hat kein Ende. Keinen Anfang, keine Mitte, keinen Schluss, so kommt es ihr vor, aber sie hat gesagt, was sie sagen wollte.

Hure, Hure, Hure war das Einzige, was sie gehört hat.

Ihr Spiegelbild ist gnadenlos. Es zeigt strapaziertes und fettiges Haar. Es zeigt, dass sie geweint hat und dass sie das eine ganze Weile getan hat. Ihre Augen sind gerötet von einer Entzündung, so sieht es jedenfalls aus, von einem Katarrh.

Sie kann sich nicht erinnern, jemals *so* genannt worden zu sein. Sie dürfte sich das gar nicht nahegehen lassen.

Sie erträgt sich selbst nicht länger und lässt den Blick nach rechts wandern. Presst die Handfläche auf die Tafel. Zupft mit den Nägeln daran herum, sodass der poröse Kork sich zwischen ihren Fingern auflöst.

In der Studentenbude hatte sie schnell damit begonnen, die Tafel vollzuhängen. Erst hängte sie ein Bild vom Silvesterabend auf, aus dem letzten Jahr in der Oberstufe. Die eine Ecke völlig überbelichtet, eine heftige weiße Explosion vom Blitzlicht oder von einer Wunderkerze, die jemand in der Hand hielt. Auf dem Bild stand sie zwischen Cecilie und Linda und lächelte mit roten Augen.

Danach füllte sich die Tafel nach und nach wie von selbst. Stundenplan für die Vorlesungen. Ein zusammengefalteter Eisenbahnfahrplan in der Größe einer Spielkarte, mit den Abfahrtszeiten nach Hause. Gutscheine für Angebote des Studentenwerks. Broschüren über Salsakurse.

Am Ende war das Silvester-Foto bei irgendeinem Umzug verloren gegangen.

Sie hatte gar nicht daran gedacht, Fotos mitzunehmen. Es war eine sechswöchige Reise. Das war ihr sinnlos vorgekommen.

Was hätte sie überhaupt mitnehmen sollen? Was sie an zu Hause erinnern würde? An das Alltagsleben, so wie es an Land war. Die Fotos, die sie hätte mitnehmen *können*, wären mehrere Jahre alt gewesen. Alle neuen sind auf dem Telefon.

Sie blättert schnell durch den Bilderstrom. Es beruhigt sie nicht. Nicht wie etwas, das an der Wand hinge. Ihr streichender Finger konsumiert. Registriert. Findet nichts, was sie ruhen ließe.

Gefilterte Bilder, gedacht zum Vorzeigen, nicht dafür, sich zu erinnern. Apfelbeerenbüsche im Herbst. Sonnenstrahlen, die hinter dem Leuchtturm hervorstechen, intensive Einschnitte aus Licht inmitten der Stadtlandschaft. Sie hat jemanden auf diesem Foto getaggt, das weiß sie noch, aber nicht wieso. Hier ist ja kein Mensch.

Eifriger als sie möchte, gleitet der Finger über den Bildschirm. Was dem Gesuchten am ehesten entspricht, ist das Bild vom Hund einer Freundin. Ein Frühstück in einem Hinterhof am Nationalfeiertag.

Ein Mann, der mit jemandem zusammenlebt, den sie kennt, von dem sie aber nichts weiß, nur den Namen. Ein Kind, an das sie sich nicht erinnern kann.

Am Ende des Bilderstroms kommt sie zum Westeis. Drei oder vier hastig aufgenommene Übersichtsbilder, bevor die missvergnügten Blicke der anderen an Bord sie davon abhielten.

Der Atem kommt stoßweise. Weshalb kann sie keine einzige konkrete Erinnerung hervorbringen? Das Heimweh – was auch immer sie vermissen mag – bleibt ebenso konturlos wie das Eis vor dem Fenster. Als ob sich die ganze frostige Handfläche dort draußen auf ihren Körper legt und sie erfasst.

Ich verstehe das nicht.

Sagt sie laut zu sich selbst.

Sechs Jungtiere liegen ruhig auf einer Scholle.

Die Kvalfjord hat den Motor ausgeschaltet.

Gleitet auf die Scholle zu.

Auf dem Vorderdeck sieht sie Erik, der die Kalaschnikow anhebt und auf sie oben in der Tonne zielt. Ein Lächeln breitet sich auf seinen Lippen aus. *Ich weiß, dass du mich siehst*, sagt sein Blick. Er wird sie ja wohl nicht erschießen. Sie ist nicht dumm.

Er johlt, als er die ersten sechs Salven abfeuert, danach sechs weitere, *knatter-knatter-knatter*. Ein hartes, künstliches Geräusch. Ein Geräusch, an das sie sich vage aus den Nachrichten erinnern kann, als sie klein war, dem aber Wörter wie *Intifada, Mujahedin, Peshawar* gefolgt waren. Er zerfetzt damit die arktische Luft. Ein sowohl brüllendes als auch hysterisch gackerndes Geräusch.

Die ersten Salven sollen die Jungtiere nur erschrecken. Die nächsten sollen sie immobilisieren, sie daran hindern, sich panisch davonzumachen. Ein Kugelhagel nach dem anderen schlägt auf die Tiere ein. Einige Tiere werden von den Projektilen, die sie von den Schwanzflossen bis zum Kopf durchsieben, mehr oder weniger zerfetzt.

Bei anderen Tieren kann sie sehen, dass der Bauch zerreißt. Ein Junges wird in schneller Folge von sechs Kugeln getroffen und schiebt sich mit den Flossen vorwärts, schleppt sich mit den Flossen mühsam voran, verzweifelt, das Hinterteil hängt nicht mehr an ihm fest. Es bleibt liegen. Ein anderes Jungtier ist gelähmt, es muss gelähmt sein; sie sieht das Ende der Wirbelsäule aus ihm herausragen.

Und trotzdem versuchen sie, auf die Kante der Scholle zuzukriechen.

Und trotzdem johlt Erik.

Sie beugt sich vor. Beugt im Sitzen den Kopf nach vorn zwischen die Knie und übergibt sich. Zwei, vielleicht drei Schübe Magensäure kommen hoch, aber sie hat seit Tagen nicht gegessen. Sie kotzt sich völlig leer.

Sie machte weiter, bis der Notarztwagen kam. So wurde die Geschichte erzählt. So hat sie es sich auch selbst erzählt, aber man kann nicht diejenige anlügen, die die Lüge fabriziert hat.

Mehr als zehn Minuten hatte sie weitergemacht, aber als sie die Sirenen hörte und die Blaulichter zwischen den Bäumen ahnte, rollte sie sich auf den Rücken und ließ das Herz ihres Vaters zu Boden sinken. Sie konnte nicht eine Sekunde weitermachen, und in dreißig Sekunden wären sie dagewesen, wenn sie nicht einfach weiter geradeaus gerast wären zu der Hütte, die nebenan lag.

Unten in der Messe gießt sich Erik gerade eine Tasse Kaffee ein. Im Mundwinkel hat er eine Zigarette, die aber nicht angezündet ist. Alle Stühle sind besetzt. Alle sind in der Messe. Sie marschiert auf ihn zu. Setzt den Zeigefinger direkt auf seine Brust, sodass etwas von dem heißen Kaffee über den Becherrand schwappt und auf seine Hand. Er bemerkt es nicht.

»Wenn wir an Land kommen«, sagt sie. Deutliche Betonung jeder Silbe. Wörter zwischen zusammengebissenen Zähnen. »Werde ich dich wegen Tierquälerei anzeigen.«

Sie stehen auf der Brücke, sie und Arentz. Er hat eine schwarze Schirmmütze auf dem Kopf und den Reißverschluss bis hoch zum Hals zugezogen. Er hat ihr einen Becher Kaffee gereicht.

Die leichte Wolkendecke hat die intensive Klarheit aus der Luft gesogen und der Welt einen matten Schein verliehen. Der Himmel hängt kalkfarben über ihnen, tiefer, wie es aussieht, als erst vor vierundzwanzig Stunden. Es herrscht nur eine leichte Brise, was dazu führt, dass einzelne Geruchsfetzen zur Brücke heraufdringen und sich mit dem Kaffeeduft vermischen. Motoröl. Ein paar kräftigere Gerüche vom Fleisch, das eingesalzen wird. Nur selten können sie das Meer riechen – das liegt natürlich am Eis –, aber jetzt glaubt sie, dass sie beinahe einen Hauch von Tang spüren kann.

Es ist durchaus möglich, dass sie schon näher an Grönland sind, als sie geglaubt hat. Jedenfalls gibt es ab und zu ein paar Vögel in der Luft über ihnen. Eissturmvögel, die ihnen schon auf dem ganzen Weg hierher gefolgt sind. In der Luftschicht über ihnen beobachtet sie auch einen Seeadler, als Einzige ist sie vertieft in die konvexen Muster seiner Flügelschläge.

»Das war wohl nicht so schlau«, hat Arentz zu ihr gesagt. Er sieht nie zu den Vögeln hin. Nur aufs Eis. »Du musst ein bisschen vorsichtig sein. An einem Ort wie diesem kann viel passieren. Verschiedene Arten, Probleme zu lösen. Und das Eis hat kein Gedächtnis, weißt du.«

Sie dreht sich weg, um zu gehen. An der Tür zur Messe wendet sie sich um. Nichts ist gelöst, wenn ihr mich umbringt, würde sie gern sagen. Das würde nämlich dazu führen, dass die Fahrt abgebrochen werden muss, das auch.

Stattdessen sagt sie: »Das stimmt nicht. Die Sauerstoffisotope, oder? Kernbohrungen. Das Eis kann sich Hunderttausende Jahre zurückerinnern.«

Jetzt ist sie da. Es ist nach Mitternacht, und sie weiß, dass jemand draußen vor ihrer Tür ist. Schon seit einigen Stunden hört sie Schritte, Atemzüge. Sie sitzt mit angezogenen Knien auf der schmalen Bank unter dem Fenster. Die Wolkendecke ist verschwunden. Die Sonne erhellt wieder die Nacht. Verwandelt sie von einem Ort der Ruhe in einen glänzenden, kranken Tag.

»Du hast keine Angst davor, rauszukommen«, sagt die Stimme. »Nach allem Scheiß, den du uns vor den Latz geknallt hast, kannst du ja wohl keine Angst davor haben, rauszukommen.«

Sie ist so ruhig, diese Stimme. Wird nicht lauter, wird nicht leiser, wie es eine lebendige Stimme tun würde. Macht keinen Versuch, sich davon zu überzeugen, dass niemand anderes es hört. (Aber wer? Wer sollte das denn sein?) Ihr geht auf, dass er zum ersten Mal etwas gesagt hat, während er vor ihrer Kabinentür steht. Das bestätigt nur, was sie schon die ganze Zeit gewusst hat.

Aber es ist seltsam, dass sie nicht heraushören kann, welcher von ihnen es ist. Und trotz aller Ereignisse in den letzten vierundzwanzig Stunden: Wie kann sie sicher sein, dass da nur einer steht?

Das kann sie nicht. Sie wagt kaum, sich zu rühren. Der Schweiß klebt ihre Kleidung am Körper fest. Sie merkt, dass der Schweiß ihre Hauttemperatur senkt. Sie sieht, dass ihre Hände zittern. Sie hat keine Kontrolle über ihre Hände. Sie möchte so gern, dass ihre Hände aufhören zu zittern. Legt eine Hand auf die andere. Hält sie fest. Fieber, denkt sie. Vielleicht habe ich Fieber.

»Dir passiert hier doch nichts, weißt du. Hure. Dir passiert nichts, worum du nicht selbst gebeten hast. Was du dir nicht selbst gewünscht hast. Das weißt du. Du bittest doch seit dem Moment darum, in dem du an Bord gekommen bist.«

Dann hört sie das feilende Geräusch des Schlüssels, der ins Schloss geschoben wird, und sie denkt an den über das Eis kratzenden Haken, kurz bevor er sich in weiches Gewebe rammt.

Doch dann wird der Schlüssel wieder aus dem Schloss gezogen. Sie rührt sich nicht. Bleibt auf der Bank sitzen und wartet darauf, dass der Schlüssel erneut hineingeschoben wird, sie geht davon aus, dass es passieren wird, erkennt die Vorgehensweise des nächtlichen Klopfens wieder, der Tritte an die Tür, und dieses Mal wird er herumgedreht, sie hört den Bolzen eiskalt zurückschlagen, sieht, wie der Türgriff aus waagerechter in senkrechte Stellung springt.

Eine Weile bleibt die Tür so stehen. Dann schnappt das Schloss wieder ein und der Schlüssel wird wieder mühsam herausgezogen.

Dieses Mal steht sie schnell auf.

Sie sitzt in der Hocke, den Rücken an das Schott gelehnt, und umklammert den Türgriff. Sie hält ihn so fest, dass das Blut aus ihren Fingern weicht, sie sehen steif und fahlgelb aus. Rote Wunden bilden sich, wo die Metallkanten in die Haut gepresst werden.

Derjenige, der draußen steht, begreift, was sie da macht. Ein gedämpftes Summen ertönt, eine Art selbstzufriedenes Schnauben, weil das, was er tut, Wirkung zeigt. Der Schlüssel wird in regelmäßigen Abständen hineingeschoben und wieder herausgezogen. Es scheint nicht wichtig zu sein, dass er die Tür nicht öffnen kann, solange sie den Türgriff festhält.

Wie lange wird sie hier so sitzen können? Die Tür mithilfe dieser statischen Kraft verschlossen halten? Keine Frage, die sie beantworten kann.

Sie hat keine Möglichkeit, aufs Klo zu gehen, aber das spielt keine Rolle. Da ist nichts, was raus muss. Sie hat nichts getrunken – oder sich die Zähne geputzt – nach dem Brechanfall in der Tonne. Da sie jetzt in diesem begrenzten Raum eingesperrt ist, kann sie ihren eigenen Geruch viel stärker wahrnehmen. Ranzig aus dem Mund. Vom Rest des Körpers ein reiferer, kompakterer Geruch: Orchideen in Blüte.

Draußen wird gesprochen, sie registriert es nach und nach, aber sie hat nicht richtig begriffen, dass die Stimme zu ihr spricht.

»Alle Zeit der Welt, weißt du«, raunt die Stimme. »Nichts zu machen. Kein Entkommen. Alle Zeit der Welt.«

Einer von ihnen wiegt etwas über hundert Kilo.

Neunzig Kilo? Fünfundneunzig?

Um die siebzig. Einer von ihnen wiegt um die siebzig Kilo.

So vielen Kilo auf einmal kann sie nichts entgegensetzen.

Kaliber 222.

Kaliber 308.

Sie versucht, einen Blick auf die Uhr zu werfen, um herauszufinden, ob es da irgendein System bei der Folter gibt, aber die helle Mitternachtssonne scheint direkt auf das Display ihres Weckers. Die einzige Möglichkeit, es herauszufinden, bestünde darin, von der Tür wegzugehen.

Es scheint ganz klar ein System zu geben. Sie zählt. Zählt die Sekunden, um die Minuten zu verfolgen, um die helle Nacht zu einem Ende zwingen zu können.

Irgendwann birst etwas in ihr. Sie erkennt das Gefühl wieder, den unwiderstehlichen Wunsch, nachzugeben. Noch immer hält sie den Türgriff fest umklammert, merkt aber, wie der Körper anfängt, die Befehle ihres Gehirns zu übersteuern.

Sie wird von Müdigkeit überwältigt, Trägheit gleitet über sie wie warmer Asphalt. Die Muskeln verkrampfen sich.

An mehr erinnert sie sich nicht.

»Das ist eine häufig vorkommende Reaktion. Dass der Körper sich sozusagen abschaltet. Bei großen Katastrophen sieht man so etwas auch. Bei Unglücken. Diese Männer haben Sie gedemütigt. Ihre Grenzen überschritten. Ihre Intimzone. Ihren Körper auf eine Art gedemütigt, gegen die Sie sich nicht wehren konnten.«

Als ob das, was passiert war, von nun an feststand. Etwas *Bewusstes.*

Doch die Krisenpsychiaterin war eine hübsche Frau um die fünfzig, viel zu fein gekleidet in Stola und Schal und dünner Wolle, als dass sie weitergekommen wären. Die weißen dänischen Stühle viel zu elegant, um sich die Brutalität wieder ins Bewusstsein zu rufen.

Sie erinnert sich nicht, wann sie geschlafen hat, ob das überhaupt Schlaf gewesen ist.

Sie erinnert sich nicht, wann oder ob die Geräusche hinter der Tür aufgehört haben.

Sie kann überhaupt nicht beschreiben, was passiert ist, bevor alles schwarz wurde.

Es kommt ihr so vor, als habe sie sich außerhalb ihres Körpers befunden, und wenn sie sich in der Kajüte umblickt, scheint alles so zu sein, wie es die ganze Zeit gewesen ist, aber etwas ist definitv anders. Sie hat keine Kraft, nachzuempfinden, welcher ihrer Sinne eine Abweichung registriert. Sie kann sich nicht erinnern, wie sie zum Bett hinübergelangt ist.

Es klopft an der Tür. Jemand sagt ihren Namen. Es ist Arentz.

»Hör zu. Sieht so aus, als gäb's hier gleich eine unangemeldete Kontrolle.«

Kontrolle? Von wem?

»Iver Huitfeldt.«

Ein Mann? Von der Aurora? Oder ist das jemand von einem anderen Schiff, von einem anderen Teil der Fangflotte?

»Es ist eine Fregatte. Von der grönländischen Küstenwache. Ja, natürlich Dänen an Bord. Du solltest dir deine Fetzen wieder überziehen und dich an Deck melden.«

Die Fetzen *wieder* überziehen?

Wie spät ist es? Halb acht. Abends oder morgens? Weiß nicht.

Bevor sie ihre endgültige Entscheidung trifft, geht sie hinaus auf die Brücke hinter das Steuerhaus, um sich einen Überblick zu verschaffen, um nachzusehen, ob das hier nicht zu dem verquasten Plan von irgendwem gehört.

Das hellgraue Patrouillenschiff liegt nur ein paar Grad westlich vor ihnen. Sie sieht das Geschütz am Heck des Schiffes hervorragen. Eine bewegliche Batterie auf der Steuerbordseite. Am Rumpf steht *F361* in weißen Buchstaben und Zahlen. Die dänische Flagge scheint das Einzige zu sein, was dem Schiff Farbe verleiht, zusammen mit den signalgelben Linien, die den Landeplatz des Helikopters auf dem Achterdeck markieren.

Zu fünft sind sie zu ihnen an Bord gekommen, darunter der Fregattenkapitän. Jede Menge Rangabzeichen an Deck. Bei der Kontrolle scheint es sich nicht um eine ernsthafte Sache zu handeln, eher um einen Besuch, eine Trainingsübung für die Unerfahrenen. Die Mannschaft von der Fregatte hat sich in einem Halbkreis um Arentz und Erik geschart. Willy steht am Beobachtungsposten.

Sie sieht nach, ob jemand in der Tonne sitzt. Das ist nicht der Fall. Dann öffnet sie die Tür zur Brücke.

Arentz' Recliner-Sessel ist so flach eingestellt, dass sie mehr liegt als sitzt. Sie klopft ein paarmal auf den roten Sendeknopf, als hätte sie sich noch nicht ganz entschieden. Sie verharrt einen Augenblick, geht zu Kanal 16 und drückt.

»Radio Bodø, Radio Bodø«, sagt sie. »Hier ist die M/S Kvalfjord. Hier ist die M/S Kvalfjord.«

»Kvalfjord, hier Radio Bodø, bitte kommen«, knistert das Gerät.

»Hier ist Inspektorin Mari Risa von der Fischereibehörde, an Bord der Kvalfjord.«

»Guten Morgen«, kommt es zurück. »Sie können direkt zu Kanal 60 gehen, Risa.«

»Nein danke, Bodø«, erwidert sie. Kanal 16 ist ein offener Kanal. Bodø, Rogaland, Florø, Tjøme. Alle Stationen der Küstenwache. »Ich bleibe auf diesem Kanal.«

»Wie Sie möchten«, antwortet Bodø.

»Ich möchte darum bitten, die Fischereibehörde vorab von einem Übertretungsbericht hinsichtlich Robbenjagd auf der M/S Kvalfjord zu informieren.

Das Schiff hat Telefon- und Internetverbindung zum Festland verloren. Der Übertretungsbericht bezieht sich auf den Ersten Schützen Erik Henriksen wegen ungenauen Schießens und besonders grober Verletzung der Fangregeln. Der Übertretungsbericht bezieht sich auf den Kapitän Peder Arentz wegen Verletzung der Fangregeln und Verstoß gegen das Tierschutzgesetz. Haben Sie das?«

Lange Stille. Unangenehm lange Stille. Sie kümmert sich nicht darum. Kanal 16.

»Kvalfjord, hier ist Bodø. Ja, verstanden. Over.«

»Gut. Außerdem möchte ich Erik Henriksen wegen Gewaltandrohung und die übrige Mannschaft wegen Beteiligung an Gewaltandrohung anzeigen.« Sie hält inne, für einen kurzen Moment lockert sie den Druck ihres Daumens auf den Sendeknopf, presst ihn dann wieder ganz hinein und sagt: »Und wegen sexuell gefärbten Übergriffs gegen die Unterzeichnende.«

Diese letzten Worte schweben vom Schiff davon. Sie sieht es vor sich, wie sie entweder im weißen Rauschen ertrinken oder aufgefangen werden, und falls sie aufgefangen werden (so schwerwiegende Worte, eine so schwerwiegende Beschuldigung), werden sie sich wie ein Waldbrand von Mann zu Mann verbreiten: an Bord anderer Schiffe der Flotte, an Bord von Versorgungsschiffen und Kabellegern, in Stationen auf dem Festland. Die Küstenwache wird es auf Band haben. Piloten in norwegischen Orion-Flugzeugen werden einander verdutzt ansehen.

Sie geht hinaus an Deck und sieht nach oben. Die Tonne ist nicht mehr leer. Kristoffer ist da oben. Er späht aufs Deck hinunter, sein Blick tastet hin und her zwischen den Versammelten und ihr, und der Ausdruck in seinen Augen zeugt von totaler Ratlosigkeit.

Arentz tritt einen Schritt zur Seite, sodass sie freien Zugang zum Kapitän hat, und stellt sie vor. In vergoldeten Buchstaben steht Møller Nielsen auf seiner Uniform. Er hat nicht die oberste Befehlsgewalt auf der Fregatte, aber genug, um sie ernst nehmen zu können. Er drückt ihr die Hand und sagt, dass es ihn freue. Er möchte wissen, *wie der Fang ansonsten so verlaufen ist.*

»Ich muss die Fahrt abbrechen«, sagt sie. Absolut erforderlich, dass sie jetzt klar und entschieden klingt. »Sofort. Bitte, ich muss unbedingt so schnell wie möglich an Land.«

Fregattenkapitän Møller Nielsen lächelt, ein verwirrtes Lächeln. Mit gerunzelter Stirn sieht er fragend zu Arentz hinüber. Arentz lächelt nicht.

»Was ist … ich verstehe nicht«, sagt der Kapitän. Er hält noch immer ihre Hand fest.

»Sie müssen mich mitnehmen«, sagt sie. »Ich fühle mich nicht sicher. Ich *bin* hier nicht sicher.«

»Arentz«, setzt der Kapitän an, hält aber inne, als er den dumpfen Blick des Skippers sieht. »Fräulein Risa …«

»Sie möchte nicht Fräulein genannt werden«, sagte Arentz. Sie sieht, dass sein Ausdruck sich verhärtet.

»Kapitän Nielsen«, sagt sie.

»Morten«, erwidert er unbeholfen, als könne sein Vorname dazu beitragen, den Knoten zu entwirren oder ihm vielleicht sogar eine oder zwei Sekunden Bedenkzeit verschaffen. »Sagen Sie Morten zu mir.«

»Herr Fregattenkapitän«, sagt sie entschieden. »Ich bitte um Erlaubnis, auf die Iver Huitfeldt überzuwechseln und mit zum Festland zu kommen. Nach Grönland.«

»Ich verstehe immer noch nicht ganz«, sagt Møller Nielsen. Über ihnen hat Kristoffer etwas von seiner Starre abgeschüttelt und kommt nun die Sprossen von der Tonne heruntergeklettert. »Wir … nun … also … Wir haben bereits Forscher an Bord. Von der Forschungsstation Zackenberg. Wir haben keinen Platz für weitere Zivilisten.«

»Ich bin hier in Gefahr, Herr Kapitän«, sagt sie. »Ich bitte Sie.«

»Tut mir leid«, sagt der Kapitän. Die ganze Aufregung, die sie verursachen, vollzieht sich geräuschlos, doch in einer Stille, die die anderen bemerken müssen, sie spüren, dass etwas Bedeutungsvolles geschieht. Willy hält das Gewehr ruhig in der Hand. Die dänischen Gäste blicken abwechselnd zu ihrem Befehlshabenden und zu dem norwegischen Skipper. »Ich verstehe nicht, worum es geht. Aber wir verfügen nicht über die Kapazität, Sie an Bord zu nehmen. Wir haben diese Möglichkeit nicht. Es tut mir leid.«

Kristoffer ist jetzt ganz nahe zu ihnen gekommen. Er sieht sie mit verwirrtem Ausdruck an. Er scheint Arentz auf die Schulter tippen zu wollen – Arentz, der bloß den Blick auf sie gerichtet hält und Kristoffers Anwesenheit noch gar nicht bemerkt hat –, aber seine Hand bleibt irgendwie in der Luft hängen, leicht zitternd, als könne er sich nicht entscheiden, sie auf A oder B hinunterfallen zu lassen.

Sie weiß, dass der Augenblick verstrichen ist, und dass der Erste, der jetzt den Mund öffnet, einen völlig neuen Augenblick erschafft. Sie muss sich abwenden, bevor dieser Augenblick eintrifft.

In ihrer Kajüte spürt sie, dass sie zittert, aber trotzdem fängt sie an, sich auszuziehen. Sie bebt innerlich wie äußerlich, es breitet sich von den Außenrändern ihres Skeletts zu allen Muskeln, Nerven und Zellen aus, ein Zittern, wie sie es nie zuvor erlebt hat, das sich nicht auflöst.

Nur in ihrer dünnen Wollunterwäsche tritt sie auf den Gang. Es kostet sie einige Mühe, den Überlebensanzug vom Bügel zu nehmen, sie kämpft mit dem steifen Stoff, mit den großen Beinen, mit den Laschen, die sich verhaken. Als der Anzug flach vor ihr auf dem Boden liegt, kriecht sie in ihn hinein, wie sie es die kleinen Rabauken in dem Kindergarten hat tun sehen, wo sie ausgeholfen hat.

Erst läuft sie mit schnellen Schritten. Dann rennt sie.

Es kommt ihr so vor, als ob sie die ganze Schiffslänge entlangrennt. Sie rennt an Matrosen und Offizieren vorbei. An Arentz und Kristoffer und Erik. Sie alle stehen noch immer da, wo sie sie vor wenigen Minuten hat stehen lassen, festgefroren in identischen Posituren. Sie versucht, die Stufen zum Vorderdeck hinauf in einem Satz zu nehmen, rutscht aber auf der glatten Unterlage aus und fällt beinahe hin. Jemand fasst sie an den Schultern und hilft ihr wieder auf. Es ist der Russe. *Bitte schön*, sagt er höflich. Sie sieht, dass Willy das Gewehr auf den Boden gelegt hat und sich mit geschlossenen Beinen davorstellt. *So kann man sich täuschen*, denkt sie und geht mit ruhigen Schritten an ihm vorbei zum Bug. Willy beobachtet sie mit festem Blick, noch immer ruht sein Absatz auf dem Gewehrschaft.

Das Wasser unter ihr ist grün, angefüllt mit mikroskopischen Luftblasen, die Schiffsschrauben der Fregatte da drüben müssen sich immer weiterbewegen.

Ohne ein Wort stürzt sie sich ins Meer.

3

Nach Nuuk

Sie stirbt.

Oder eher: Sie erwartet zu sterben, denn *das* hat sie gelernt.

»Der erste Kälteschock ist der Moment der größten Gefahr«, hatte der Kursleiter beim Überlebenstraining gesagt. »Derart kaltes Wasser ist eine schwere Belastung für Herz- und Lungenfunktionen. Der anfängliche Kälteschock bewirkt eine Schnappatmung, die dazu führt, dass die Person große Mengen Wasser schluckt. Der Schockzustand kann mehr als drei Minuten anhalten und ist tatsächlich bei vielen Unfällen im kalten Wasser die Todesursache.«

Nach dem Kurs hatte sie gefragt, ob man nicht besser von Rettungsanzügen als von Überlebensanzügen reden sollte. Als der Kursleiter etwas belehrend geantwortet hatte, das Wort Überlebensanzug gaukle eine falsche Sicherheit vor, hatte sie das schlau gefunden. Später fragte sie sich, wie gelungen man eine Rettung nennen könnte, falls man *nicht* überlebte.

Und das Wasser, soweit sie es sehen kann, das Grüne, die herumwirbelnden Blasen, die sie am ehesten an Birnenbrause erinnern.

Aber alles ist bloß ein einziges Chaos in ihrem Kopf, nichts hängt mehr mit irgendetwas zusammen.

Als sie aufs Wasser trifft, leert sie sich vollständig.

Nur Fragmente. Ihre Erinnerung an diese Zeit ist eine kahle Ebene, über die der Wind die Schneeschauer fegt und von einem Tag auf den anderen alles unkenntlich macht.

»Leider«, fügt sie hinzu.

An Bord der dänischen Fregatte kommt sie wieder zu sich, ohne eine Vorstellung davon zu haben, wie lange sie bewusstlos war. Sie setzt sich in der Koje auf und blickt aus dem Fenster, doch alles, was sie sieht, ist grauer Himmel, graues Meer, und die sind in Bewegung.

An dem unförmigen Hemd, das sie trägt, erkennt sie, dass sie an Bord in einer Art Krankenstube gewesen ist, bevor sie, in dicke Decken eingehüllt, in eine Kajüte verfrachtet wurde. Die Adern an ihren Armen treten auf ungewohnte Weise hervor und haben einen seltsamen, blassen Blauton, den sie noch nie zuvor gesehen hat.

An ihrer Koje sitzt eine junge Frau mit kurz geschnittenem dunkelblonden Haar. An der Art, wie sie dasitzt – und dann mit ihr redet –, erkennt sie, dass die junge Frau über sie gewacht haben muss.

Sie heißt Lotte und gehört zu der Forschergruppe von der Zackenberg-Station. Sie ist Masterstudentin an der Universität Aarhus, hat aber ein Semester in Grönland verbracht, in das sie sich gerade zu verlieben beginnt. Sie trägt praktische Sachen: verschweißtes Gummi über den Reißverschlüssen.

Ihr Forschungsprojekt besteht darin, kleine Plastikbecher – Wegwerftassen – mit konzentriertem Waschmittel in Tälern auszulegen, wo die echten Forscher den Austritt von Methangas und die Konzentration von Kohlendioxid in der Tundra messen. Insekten fallen in das Waschmittel und sterben. Sie zählen die toten Mücken und Fliegen in den Tassen und vergleichen das Ergebnis mit den Zahlen vom Vorjahr und dem Jahr davor.

Sie lächelt über das winzige Projekt. Eigentlich ist sie Meeresbiologin.

(Jetzt fällt ihr ein, dass Lotte auf dem Flug von Tasiilaq nach Nuuk dabei war. Aus dem Flugzeugfenster wirkte die zerklüftete Eiskante wie ein gezackter Papierausschnitt, ein schnell ausgeschnittenes Schneekristall. Sah nicht nach einem gefährlichen Ort aus.)

Sie wird in einer Wohnung in einem Komplex untergebracht, der aussieht wie eine zusammengesetzte Reihe von Bootshäusern, nicht in der Nähe des Hafens, sondern auf einem kiesbedeckten Abhang hinter der Hauptstraße. Der Wohnkomplex ist eine der drei Übernachtungsmöglichkeiten in Nuuk, Touristen und Vertragsarbeiter können da wochenweise wohnen.

Das warme Wetter überrascht sie, obwohl es Mitte Mai ist und Nuuk auf demselben Breitengrad wie Trondheim liegt.

Auf dem Weg in die Innenstadt gehen sie an kleinen bunten Häusern auf Stelzen vorbei. Lotte wirft einen Blick darauf und sagt: »Immobilien sind teuer in Grönland. Und Internet auch.«

Danach passieren sie ein ganzes Viertel mit querstehenden, verdreckten Häuserblocks, Blocks, die man in den Vorstädten von Warschau oder Bukarest erwarten würde, die hier aber, umgeben von karger Natur und Felskuppen, deplatziert wirken.

Sie essen im Restaurant des neuen Kulturhauses zu Abend. Sie haben einen Tisch im Zwischengeschoss, und von dort aus hat sie freie Sicht auf die moderne und luftige Architektur, die vom schlechten dänischen Gewissen zeugt. Die geschwungene Außenwand ist mit hellen, schmalen Stäben aus Birkenholz verkleidet. In die weißen Granitwände sind zahlreiche inuitische Symbole eingraviert.

Die Vorspeise wird auf kreideweißen ovalen Tellern serviert. Sie bezeichnen sie als grönländische Tapas. Kleine Portionen warm geräucherten Saiblings. Roher Heilbutt, Kammmuscheln aus dem kalten Meer an der Ostküste, schichtweise angeordnete Steinbeißerrogen, die von einem dünnen Gelatinefilm zusammengehalten werden.

Das Ganze schwimmt in einem trägen Balsamicosirup, der alles überlagert, was an reinen Aromen vorhanden sein muss.

Sie bekommen auch Moschusochse. Sie hatte gedacht, der würde streng und irgendwie wild schmecken, tut er aber nicht.

Danach gehen sie ins Daddy's, eine irische Kneipe, deren Zapfhähne mit der Brauerei nebenan verbunden sind.

»Das ist das beste Bier der Welt«, sagt der Mann hinter dem Bartresen zufrieden. »Ich bin dreiundachtzig hier hergekommen, und wegen dieses Biers habe ich nie wieder daran gedacht, nach Hause zu fahren.«

Er füllt zwei Gläser mit etwas, das Moschusbajer heißt. Sie spürt, dass sie es mit dem Bier langsam angehen muss.

»Aber ursprünglich kommst du aus Kopenhagen«, sagt Lotte. Sie zeigt auf die Tätowierung, die der Mann auf dem Unterarm hat. »Brøndby-Fan!«

Darüber reden sie lange, und sie fällt aus der Unterhaltung heraus, verspürt zum ersten Mal seit vielen Wochen ein warmes Gefühl in sich. Ein Däne, der kleiner ist als sie und Lotte und ein rundes, stählernes Brillengestell trägt, erzählt, er befinde sich hier im Auftrag des dänischen Justizwesens. Eine Woche, in der er die verschiedenen Siedlungen besucht, wobei Nuuk seine Basis ist. Er hat die komische Angewohnheit, zwischen den einzelnen Sätzen mit der Zunge zu schnalzen.

Das mit dem Strafvollzug ist in Grönland gar nicht so einfach. Viele Ordnungswidrigkeiten in der Gegend, zahlreiche häusliche Streitereien, aber die Selbstverwaltung kann nun mal nicht in jedem kleinen Ort, wo hundert Einwohner leben, Gefängnisse oder Gerichte unterhalten. Ein Vorschlag lautet, als Strafe den Pass von Verurteilten einzuziehen.

»Aber diese Leute reisen doch sowieso nirgendwohin.«

Irgendwann werden sich alle darüber einig, dass es doch eigentlich zu dumm ist, dass Dänen und Norweger einander so schwer verstehen, ungeachtet dessen kommen sie überein, zum Englischen zu wechseln, der Brøndby-Fan auch.

Der Mann vom Justizwesen erzählt, dass die grauen Häuserblocks, an denen sie früher am Tag vorbeigegangen sind, irgendwann einmal ein Prozent der gesamten grönländischen Bevölkerung beherbergt haben.

»Ganze Familien in winzigen Wohnungen zusammengepfercht«, sagt er schnalzend in seinem stotternden Englisch. »Wegen der Zwangsumsiedlung in den Sechzigern.«

Dann wiederholt er, dass er nur eine Woche hier sein wird, dass es deshalb begrenzt ist, was er ausrichten kann, und dann bestellt er weitere Moschusbajer für alle.

»Du bleibst, oder du bist hier eine Weile und reist dann wieder ab«, sagt Lotte.

All das gibt ihr wieder einigermaßen ein Gefühl von Normalität.

In Nuuk geht die Sonne auch nicht unter. Sie dringt durch blasse Vorhänge zu ihr herein. Draußen hört sie das Lachen von Kindern und das Geräusch von Fahrrädern mitten in der Nacht.

Die Abflughalle des Flughafens ähnelt zum Verwechseln irgendeiner beliebigen Cafeteria auf irgendeiner beliebigen Fähre zu Hause in Westnorwegen. Die Sitze und Sitzlehnen der Plastikstühle sind alle mit Robbenfell bezogen, das ist der einzige Unterschied: Fell, abgewetzt und verschmutzt dort, wo die Menschen gesessen haben. Während sie auf solch einem Stuhl sitzt, beginnt sie ihren Bericht.

Was ist kurz in diesem Bericht, und was ist zu ausführlich?

Wie soll sie wissen, wofür sie sich entscheiden soll?

Was sind hier Details, was ist einfach nur unwichtig?

»Wenn Sie verstehen, was ich meine?«

»Ja. Das ist ja nicht schwer zu verstehen. Aber da gibt es eine Sache – unter all den Ereignissen, von denen Sie berichtet haben –, über die wir uns unbedingt Klarheit verschaffen müssen. Der wichtigste Teil, würde ich sagen: Können Sie mit Bestimmtheit sagen, dass die Jungtiere noch lebten, als sie mit den Haken hochgezogen wurden?«

Von der rot gestrichenen Holzkirche in der Bucht, wo die Stadt am Kap seinerzeit gegründet wurde, ertönen die Glocken. Sie steht auf dem Hügel über der Kirche, den Blick auf den Fjord gerichtet. Sie hat die Socken ausgezogen. Ältere Paare, die zu einer Wandergruppe gehören, helfen einander die steinigen Pfade hinauf und lächeln sie an, als sie die nackten Füße sehen. Sie spürt, wie sich die kleinen Scharten des kantigen, spitzen Untergrunds in ihre Fußsohlen bohren.

Mehrere Menschen stehen um sie herum und blicken auf das von Gras überwucherte Plateau unter ihnen und weiter auf das schöne ruhige Meer. Sie halten nach Walen Ausschau. Sie hoffen auf einen Glückstreffer, hoffen, dass eine dieser tierischen Limousinen in ihrer ganzen majestätischen Erscheinung genau jetzt die Wasseroberfläche durchbricht. Viele halten ihre Mobiltelefone waagerecht und filmen eine Wasserfläche, die gleichsam erwartungsvoll daliegt.

Im Norden sieht sie, dass sich zahlreiche Kreuzfahrtschiffe eingefunden haben, eine ganze Armada, bis ihr schließlich klar wird, dass es keine Schiffe sind, sondern riesige Eisschollen, die sich von einem der

Gletscher weiter drinnen im Fjord aufgrund des Frühlingswetters gelöst haben. Von den Fahnenmasten an der Kirche hängen grönländische Flaggen schlaff herunter.

Es ist ein nationaler Feiertag. Sie hat das Tagesprogramm heute früh am Kulturhaus gesehen. Nach dem Morgengottesdienst in der Kirche wird es eine Prozession hinauf zum Kulturhaus geben, dann werden Schulkinder aus der Stadt singen, und draußen wird Essen serviert. Reden wird es auch geben. Sie geht davon aus, dass die Versammlung im Laufe des Abends aufbrechen oder hinunter zum Kai ziehen wird, wo Grills und Holzbänke aufgestellt wurden.

Doch jetzt ertönt nur noch der Nachklang der letzten Glockenschläge, und die Türen der Kirche sind geöffnet. Lächelnde Menschen in grönländischer Tracht oder dunklem Anzug stapfen heraus und bilden einen Halbkreis auf dem Rasen. Auf der Kirchentreppe hat ein Chor Aufstellung genommen.

Sie singen lange, psalmodierende Wörter voller Konsonanten, und der ganze Chor scheint zu schweben. Die Gemeinde stimmt ein. Die Wörter treffen auf dem offenen Platz zwischen Chor und Zuschauern aufeinander. Sie versteht nicht, was sie singen. Sie weiß, dass dieses Lied *Det lange land* heißt und die grönländische Nationalhymne ist. Das stand in der

Bekanntmachung. Die Touristinnen, die neben ihr stehen, drehen sich zur Kirche. Sie lächeln sie weiterhin an. Ihre Männer wagen es nicht, sich umzudrehen. Die Wale warten sicher nur auf so einen Augenblick.

Eine Weile ist es schön. So würdevoll und ruhig. Sie ist froh, daran teilnehmen zu dürfen.

Und das Wasser ist glatt, doch unter der glänzenden Oberfläche herrschen mächtige Strömungen, schon segeln die ersten Eisschollen in dem engen Fjord an ihnen vorbei. Sie wechselt ein paar Worte mit einer Kanadierin und klettert zum Ufer hinunter.

Sie läuft über einen schmalen feinkörnigen Sandstrand, und weiter über dunkelgraue, feuchte und glitschige Felsen. Direkt über ihr führt der Weg an einem windgepeitschten Friedhof vorbei, der von einem hübschen, aber schiefen Lattenzaun eingegrenzt ist. Das Gras in diesem Hain ist stellenweise frisch und grün, aber auch trocken und gelb. Sie denkt, dass das viele Salz in der Luft das bei dem Gras bewirkt. Der Weg führt weiter zu einer Kaianlage, die von ihrem Standort aus wie eine massive, aus mächtigen Felsblöcken errichtete Wand aussieht. Wo der Strand auf das Wasser trifft, liegen flache Steinplatten – übrig gebliebene Reste des Gebäudes, vermutet sie –, die wie Stege ins Wasser hineinführen. Eine der Eisschollen wurde von einer Unterströmung erfasst, die sie ganz dicht an diese Platten herangetrieben hat.

Sie kann das nicht wirklich eine Scholle nennen. Dafür liegt das Eis zu tief im Wasser. Der Teil, der aus dem Meer ragt, ähnelt den Umrissen eines Pferds. Unter Wasser breitet sich die restliche Scholle mehrere Meter nach allen Seiten aus, in einem intensiven Türkis.

Dieses Eis kann Zehntausende von Jahren alt sein oder aus dem letzten Jahr stammen. Für sie spielt das keine Rolle, sie hat so oder so Lust, es zu probieren. Sie denkt, dass dieses gefrorene Wasser, unberührt von allem menschlichen Treiben, eine nahezu unbegreifliche Reinheit verkörpert. In allen Fernsehwerbespots für in Flaschen abgefülltes Quellwasser, die sie irgendwann einmal gesehen hat, waren es diese Aspekte, die gelobt wurden: hohes Alter und Klarheit. Als ob Wasser aus uralten Quellen oder aus der unberührten Natur Weisheit innewohne.

Sie springt von einer Steinplatte zur nächsten. Die Scholle liegt noch knapp außerhalb ihrer Reichweite. Wenn sie sich bloß ein paar Zentimeter strecken könnte, würde sie sie erreichen. Sie geht auf die Knie. Sie hat Angst, das Gleichgewicht zu verlieren, wenn sie versucht, sich der Scholle im Stehen zu nähern, und außerdem hat sie keine große Lust, in das kalte Wasser zu fallen. Etwas weiter entfernt hat sie ein paar Jungs aus dem Ort entdeckt, Grönländer, die dort stehen und beobachten, was sie da treibt. Später werden sie ihren Klassenkameraden erzählen, was sie gesehen haben. Der Gedanke lässt sie lächeln.

Draußen in der Bucht entdeckt sie eine Zehn-Fuß-Jolle auf dem Weg zum Anleger. Ein einzelner Mann ist an Bord. Sie sieht den Lauf eines Gewehrs neben dem alten Mariner-Motor unter der Abdeckung hervorragen. Die Jolle beschreibt eine sanfte Kurve, vermutlich um zu sehen, was oben an der Kirche vorgeht. Die kleinen Wellen des Boots reichen aus, um die Eisscholle die wenigen Zentimeter vorzuschieben, die nötig sind, damit sie sie erreichen kann.

Sie hatte sich vorgestellt, die Eisscholle zu sich heranziehen zu können, wenn sie sie erst einmal berührte, aber sie lässt sich nicht fassen. Und dann wird ihr klar, dass dieser mächtige Klumpen – diese Masse, die dort liegt und sich unter ihrem eigenen Gewicht sacht hin und her bewegt – bestimmt eine Tonne wiegen kann. Zum ersten Mal an diesem Tag denkt sie zurück an die Seehundjagd, und das Bewusstsein von all diesem Gewicht, das sie die ganze Zeit um sich herum hatten, führt dazu, dass sie das Gefühl hat, zerquetscht zu werden.

Nach minutenlangen Versuchen (es ist glatt, sie bekommt es nicht richtig zu fassen) bricht endlich ein Stückchen vom Eis ab, und sie hält es gegen die Sonne. Es glitzert. Wasser läuft an ihren Händen herab. Sie erschaudert, als sie spürt, wie sich ihre Handgelenke abkühlen. Dann beeilt sie sich, den nunmehr viel kleiner gewordenen Klumpen in den Mund zu nehmen. Viele tausend Jahre altes Wasser, denkt sie.

Das ruft nicht gerade ein neues Gefühl in ihr hervor. Vielmehr ist die Kälte in ihrer Mundhöhle ein fliegender Pfeil zurück zu all den Eiszapfen, die sie von den Dachrinnen abgebrochen und probiert hatte, als sie noch ein Kind war.

Der Grönländer in der Jolle hat die Sattelrobbe auf einen Absatz unterhalb des Anlegers geworfen und ein schmales Messer und einen in die Jahre gekommenen Eimer hervorgeholt. Er trägt oranges Ölzeug über einem abgewetzten moosgrünen Wollpullover. Das kanadische Ehepaar, mit dem sie zuvor gesprochen hat, steht am Kai neben ihr. Der Mann filmt die Robbe.

Das Tier ist bereits ausgeblutet. Sie kann sehen, dass an seiner Halsschlagader ein fachmännischer Schnitt ausgeführt wurde. Zwischen den Ruderbänken stehen zwei verdreckte Plastikbehälter. Ein paar Schlieren geronnenen Bluts kleben daran. Sie vermutet, dass das meiste Blut schon auf dem Meer weggespült wurde. Schnell und entschieden beginnt der Mann, die Robbe zu bearbeiten.

»Ach Gott, nein, Richard«, sagt die Kanadierin. Sie schätzt sie auf über sechzig. »Das ist ja barbarisch. Hör jetzt auf zu filmen.«

Sie sieht ihnen nach, der Frau und dem Mann, von dem sie jetzt weiß, dass er Richard heißt, und beobachtet, wie sie sich über steile, wacklige Treppen hinauf zur Hauptstraße vorarbeiten. Treppen wie diese gibt es überall in Nuuk. Zwischen den Häuserblöcken. Zum Meer hinunter. Von der Kirche hört sie wieder die Glocken. Die Prozession ist unterwegs. Eine große Menschenmenge bewegt sich andächtig den Weg entlang. Auf sie zu.

Er beginnt, den Kopf abzutrennen. Es ist eine mühsame Arbeit. Gleichmäßig schneidet und sägt er mit seinem kleinen Messer, bis der Kopf fast nach hinten fällt. Der Hals ist weit geöffnet. Er wartet einen Augenblick, bevor er die letzten Sehnen durchtrennt. Stattdessen schneidet er die Robbe vom Bauch her auf. Sie weiß, was jetzt kommt. Magen, Nieren, alle Organe wälzen sich schwer heraus auf die Steinplatten. Der Grönländer geht wieder in die Jolle, holt die beiden Plastikbehälter und verteilt die Organe auf sie. Einiges kann verwendet, anderes muss weggeworfen werden. Wenn das getan ist, wird er Fleisch und Speck in Stücke schneiden, doch bevor er das macht, wird er wohl den Kopf entfernen, vermutet sie. Sie hat sich ohnehin entschieden, zu gehen, ehe er mit dem Abflensen beginnt.

Ganz vorn in der Prozession geht eine Reihe Frauen in Volkstracht. Sie tragen kniehohe Wollstrümpfe mit bunten Stickereien. Es gibt auch bunte Bauchbinden und Tücher und Umhänge in gold, blau und rot. Im Hintergrund hört sie eine Trommel, das Geräusch wird zusammen mit den Kirchenglocken weitergetragen. Jetzt singen sie auch auf Dänisch. *Du, vårt gamle land.*

Der Grönländer hält die Robbe in den Händen. Eine Armlänge von sich entfernt. Respektvoll, denkt sie. Wie Prinz Hamlet mit dem Schädel seines geliebten Yorick. Fast scheint es so, als sähe er dem toten Tier tief in die Augen, aber dann begreift sie, dass er eigentlich am Schädel vorbeiblickt zur Prozession hin. Schritt für Schritt. Trommelschlag auf Trommelschlag. Er wirft den Kopf über seine Schulter, ohne dem Ganzen weitere Aufmerksamkeit zu schenken. Wie ein schwerer Stein trifft er aufs Wasser und versinkt in der Tiefe. Vielleicht liegen ja Tausende von Schädeln da unten auf dem Grund vor dem Kai, denkt sie.

Dann sieht er zu ihr hin.

Hebt die Hand zu einem knappen Gruß.

Es ist ein Blick, den sie nicht zu deuten braucht.

Das Zitat auf S. 39 stammt aus Alexander Kielland: Fortuna, erstmals erschienen 1884.